BKBショートショート小説集

電話をしてるふり

バイク川崎バイク

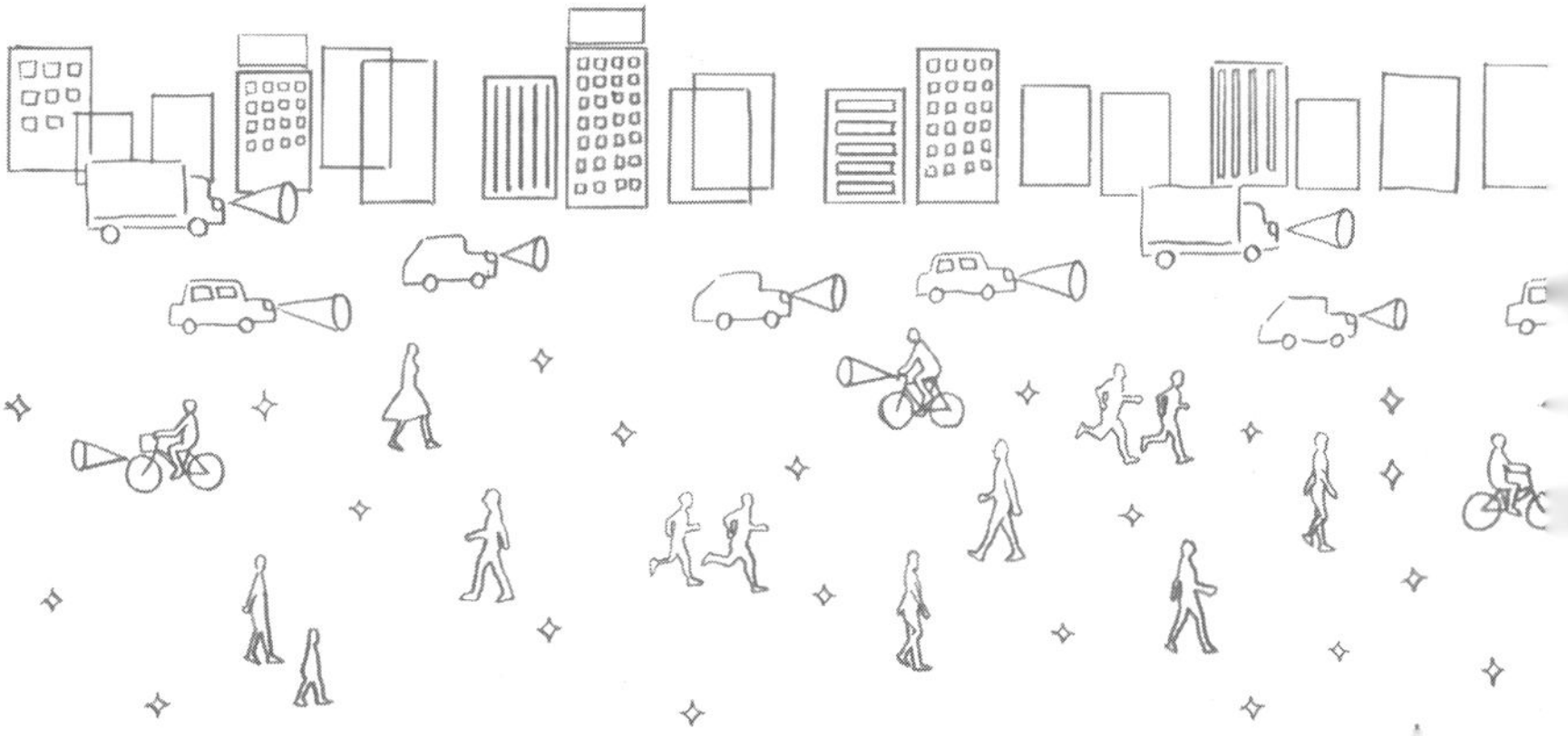

もくじ

花言葉

俺は、いつものように、彼女に合う花を探していた。

「スイートピーはこの前あげたし、その前はカンパニュラだったし、たまにはストレートにバラもありか……」

花はいい。

何の悩みもてらいもなく、みずみずしく咲き誇り、優しく悠然《ゆうぜん》と散りゆく花々。彼女はそんな綺麗な花々に、とてもよく似ている。

……なに恥ずかしいこと考えてんだ俺。

柄にもない思いを巡らせて花を決めあぐねていると、もうすっかり顔見知りとなった花屋のおばちゃんが話しかけてくる。

「あらいらっしゃい、今日はどの子たちにしますか？」

花を〝子〟と呼ぶおばちゃんに、俺は一気にもっていかれたのを覚えている。このおばちゃんもまた、みずみずしく咲き誇ってきた人なのだろう。


「はい、今日はバラにしようかと」

「いいじゃない、バラをもらって喜ばない女性はいないですよ」

「ですか」

「そうですよ。万が一、喜ばれなくても、優しくしてあげてください。トゲのある態度はダメですよ」

「はは。ありがとうございます」


いつも少し粋なことを言うおばちゃんだ。バラを包んでもらい、いつもの道を歩く。今日は少し風が強い。バラが震えるように揺れている。まるで風邪をひいた〝子〟のようだ。

またもや、そんな柄にもないことを考えているうちに、彼女の元へとたどり着く。

今日は何を話そう。

誰にでも優しい彼女。

見た目より幼く見えることを気にする彼女。

鼻声の彼女。

よく泣く彼女。

その何倍も笑う彼女。

少しガンコな彼女。

猫もいいけど犬も好きな彼女。

本が好きな彼女。

曲がったことが大嫌いな彼女。

大好きな、彼女。


苔《こけ》ひとつない、手入れが行き届いたお墓の前に立ち、俺はつぶやく。

「……元気？」

つぶやいた刹那、目頭が熱くなる。

「俺、結婚することになったんだ」

あれ、おかしいな。

「だから安心してよ」

もうあれから随分たってるのに。

「今度、奥さんを紹介するよ」

涙が出る。

「色々報告があるんだけど」

涙が出る。

「うまく言えないや」

きっと風が強いからだ。

「ごめんよ」

きっと砂が目に入ったんだ。

「孫の顔くらい、見せてやりたかったよ」

帰り道、吹き抜ける風の中、母が好きだったクチナシの花の香りを微《かす》かに感じた気がした。

間違える女

真由美《まゆみ》と結婚して三年。

特に大きなケンカもなく、僕たちは仲良く夫婦生活を送っていた。

贔屓目《ひいき》なしに見ても自分のタイプだし、ああ、やっぱり好きだな、と今でも思っている。


ただ唯一、不満、とまではいかないにしろ、二人で軽い口論になる時がある。

それは、真由美の作る料理についてだ。

僕もそこまで料理ができるタイプではないし、人並みに仕事もしてるもんだから、専業主婦である真由美に料理は一任させてもらっている身。

なので、とやかく言えた義理ではもちろんないのを踏まえた上で。


料理が不味《まず》いとかそういうことではなく。

いや、不味い時もあるのか。

その、なんというか、少し特殊で。

〃砂糖と塩〃を、よく間違えるのだ。

それも当人の、真由美が好きな料理の時ほどよく間違える。

卵焼きや煮物やカルパッチョなど、味付けをいつも間違えては、「ごめん、やっちゃった」と、ペロッと舌を出す真由美。塩辛いほうが好みのものは甘口で、甘口のほうが好みのものはやや塩気が強く。

まあ、作ってもらってる身だし、もはや愛嬌のように思えてはきたのだが、一向に改善される気配もない。


「いや、まあこれはこれで食べれるんだけど、なんでなの？」

「私も気をつけてるつもりなんだけど、なんでなんだろう」

「いや、いいんだけどさ、真由美は卵焼きは甘いほうが好きなんだよね？」

「うん。そうなんだけど、また逆だよね。ごめん、ひろくん」

「いや、まあ全然美味《おい》しいよ。大丈夫」

「優しい。好きーーー」

「あ……いや。はは」

まあ可愛《かわい》いからいいのだけど。まさにひと味違う料理を提供してくれる真由美。

そんなある日、真由美と何気ない会話をしていた時のこと。


「今日休みだし、なんか映画でも見る？」

「あ、いいねえ」

「真由美なんか見たいのあったっけ？」

「うーん。『テルマエ・ロマエ』まだ見てないから、見たいなあ」

「ああ、阿部寛の」

「そうそう」

「阿部寛、好きなんだっけ？」

「チョー好き。渋いよね。ふふふ」

「へーー……ほかには真由美って誰が好きなんだっけ？」

「んーー、芸能人だと、まあ普通よ。竹野内豊とか北村一輝とか」

「あーーー……」

「なに、ひろくん、ヤキモチやいてる？」

「いやいや、そんなんじゃなく。えと、向井理とかは？」

「いや、そんなにかなあ」

「はいはい」

「てか芸能人なんてイケメンしかいないんだから、ヤキモチ焼かないでよう」

「いや、ほんとそんなんじゃなくて。なるほど。なんかわかった気がする」

「ん？　なにが？」

僕は鏡に映る自分の顔を見ながら、心の中でこうつぶやく。

〝ソースとしょうゆも間違えてくれて、本当によかった〟

Cigarette smell love ?

目が覚めると、タバコの匂いが鼻を通り抜けてくる。全然好きな匂いじゃないことに気づき、自分の家じゃないことに気づき、またヤッちまったことに気づく。
「…もう。またか……」

今日、隣でスヤスヤと寝息を立てているのは、イケメンとまではいかないが、整った顔立ちの細身で色白の青年。年は、同じくらい？　いや下手したら年下かも。

昨日、友達と軽く飲んで別れた後、一人でバーに行った、くらいまでは覚えてるんだけど。んーーーーー。酔って記憶をなくすというのは本当に危うい。フリータイムだもん。ゴムはつけたのかこいつ。頼むからつけててくれ。


そんな自業自得でしかない、わかりやすい後悔をしながら、ブラのホックを留めて、特にお気に入りでもないワンピースに頭を突っ込んでいる最中《さなか》、声をかけられる。

「……あ、おはよー」

「あ、おはよう。起こしちゃった？」

私はなんだか焦って、ワンピースの中から返事をした。

クスクスッと笑う青年。ガバッと顔を出し、手ぐしで髪の毛を整える私。目やに、ついてないかな、なんて一応気にしながら。ワンナイトの相手だろうが、いい女だったとは思われたい。

「ゆきのさんってさ」

言いながら青年は寝巻きのヨレヨレのTシャツに袖を通し、ゆっくりとタバコに火をつける。

ゆきのさん。そっか。

私は一人で飲んでる時に声をかけてきた男には、その名前を使う。特に理由はないのだけど。いや、違うな。後ろめたいことがわかってるからかな。こうやってやらかしても、違う人間がやらかしたから、という不道徳な言い訳ができるから。

青年は大きく煙を吐いた後、こう続けた。

「彼氏いないの?」

「いないよー。いたらさすがにこんなのは。ねえ」

「確かに。違いないね。あはは」

無邪気にコロコロと笑う青年を、少し可愛《かわい》いじゃねえかなんて思いながら、私はマナーとして同じ質問をした。

名前は思い出せなかったので、なるべく自然に。

「ええと……そっちは?彼女いないの?」

「いるよ」

いるんかい。即答なんかい。そんな感じね。まあ男のワンナイトって感じ？　全然いいよ。

「ゆきのさんが彼女だから」

おっと……？　何を言いだしたのかこやつは。ヤバい。沈黙、という返事をしてしまっている。いつもスマートにやらかしてきたのに。綺麗さっぱり後腐れなく、がワンナイトのいいとこでしょうよ。

よし。とりあえず笑ってごまかそう。

「ええと？　あはは。え？　何それ。あはは…」

「昨日そうなったよ。やっぱ覚えてない…か」

「嘘？　ほんとに？　付き合った、の？　私たち」

「うん。俺、『付き合った人じゃないと、こんなことしない』って言ったよ」

いやいやいやいやいや。それは女がよく言うやつだろ。え、じゃあ何？　私が？　この名前も知らない青年と関係を持ちたくて？　付き合った人としかヤらないって私が言われて？「じゃあ付き合うから、私とヤろうよ」みたいな欲望交渉したってこと？　肉欲メンズエピソードじゃん。どんだけ飢えてたんだ私は。

「待ってごめんね……ええと」

「りょう、俺はりょうって名前」

「あ…ごめん。りょう……くん」

「ううん。だいぶ酔っぱらってたもんね、ゆきのさん」

「その、さ、うん。記憶なくすことは多いんだけど、こんな展開になってることはないからさ、ごめん」

「うん。大丈夫。大人だし俺も。なんか試した感じになって、ごめん」

そう小声でつぶやきながら、タバコを灰皿にこすりつける青年。

気まずい。うーん。どうしたものか。

いや、彼氏欲しくないわけじゃないけど。自分の行いを棚に上げまくるとすれば、こんな形の恋愛はうまくいく気はしないしなあ。

いや、誰が言ってんだよだけど。うーーーん。よし。

「じゃあ、ごめん。帰るね」

「あ……うん」

なんだかすごい罪悪感を抱えながら、ドアを開けた。外のまぶしさが、とてもうるさかった。

これは、りょうくんを傷つけたのだろうか。

多分傷つけた。でも忘れよう。ゆきのが悪かったことにしよう。悪いのは私じゃない。ゆきのだ。汚い自己完結の終わり間際に、背中から聞こえる純朴な声。


「ゆきのさん！」

ヨレヨレのTシャツに薄手の半パンを着た色白の青年が、サンダルで追いかけてくる。

何この展開。アオハル？　何？


「ハー……ハー……ゆきのさん、あのさ、ごめん」

「ど、どうしたの？　りょうくん？」

「連絡先、ハー……教えてよ」

「ああ……」

どうしよう。いや全然いいんだけど。りょうくん、いいやつっぽいし。でもなあ。

「ハー…LINEでいい？」

「あ…うん」

息を整えながら話すりょうくんが、すでに愛おしくはある。もうしゃーない。どうにでもなれだ。

私のLINEのアイコンの下にある名前を見たりょうくんが、当たり前の、予想通りの質問を投げかける。

「え。…haru…？ はるって？ 名前、ええと？」

「いや、ごめん。ゆきのってあれ、あの源氏名みたいな！ はは、ごめんよ」

さすがにまた傷つけただろうな。知り合ったばかりの気になる異性に、付き合おうサギをされ、名前まで嘘をつかれ。

「めっっちゃくちゃいい名前！ はるさん。いや、はるちゃん、のほうがいいかな」

「いや、え。ムカつかないの？」

「なんで？」

「だって、なんか、私ずっと変な女じゃない？ なんかほら。ね」

「うーん。ゆきのさんも、はるちゃんも、両方、知っていきたいなとは思ってるよ」

「え」

「うん」

「……知ってたの？」

「うん……ごめんよ。全部聞いたんだ昨日。ゆきのさんに全部。朝起きた時、はるさんだとは思ってなかったけどね。お酒好きがゆきのさんで、まじめ？ なのがはるちゃん、て感じなのかな？」

私の二重人格まで、この青年は受け入れてくれるの？　いや、ほんとに？　大丈夫？　めちゃくちゃ面倒くさいよ？　だってこんなの普通は理解されないし。もう諦めてたのに。こんな、こんなのって。

「とにかくゆきのさんとは付き合ったから、あとははるちゃんが付き合ってくれるかどうか、なのかな。昨日ゆきのさんはそう言ってた。はるにも確認しないとーって」

「あ、いや……えーー」

ゆきのという人格は基本、お酒が深くなると現れる。いつから自分がそんなことになったのかは覚えてない。おそらく私の欲望をむき出しにした奥底の人格なのだろう。

いつもワンナイトをやらかすのはゆきので、後悔するのは主人格の私、はる。

でも〝ゆきの〟も〝私〟には違いないし、お互い干渉しすぎず、なんとなくうまくやってきたつもりだった。

ただ、ゆきのが〝付き合った〟という男は、りょうくんが初めてだ。

あの遊び人のゆきのがねえ。

「いや……私でいいの？」

「うん。一目惚れだから」

「そっか」

まあ、ものは試しだ。まさに優良物件だし。ゆきのも彼氏が出来たとなれば、さすがに夜もおとなしくするだろう。

「よ、よろしくお願いします…」

「やった！　よろしく。はるちゃん、と、ゆきのさん」

「今は、はるだけでいいよ。あはは」

「そっか。聞こえてるのかなと」

「んー。よくわかんないけど、多分聞こえてないんじゃ？」

「そうなんだね。…ええと、部屋戻る……？」

「あ……うん。そうだね。ちょっと寄ってこうかな」

展開は急すぎたが、今は身を任せようと思う。ゆきのも、たまにはいい仕事をするもんだ。

そして、再び部屋に戻った私は、りょうくんとキスをした。

りょうくんにとっては2回目の。私にとっては初めてのキス。苦手なタバコの味がした。

ゆきのはタバコ好きだからな。

ふと先ほどのＬＩＮＥに目をやる。りょうくんの笑顔のアイコンの下に書かれた〝優介《ゆうすけ》〟という人のことも、これから知っていかなくっちゃ。

ヒーロー

男はヒーローに憧れていた。

子どもの頃は、仮面ライダーやウルトラマンのようなヒーローに自分はなるんだと信じていた。しかし、大人になって現実的に、それらのヒーローにはなれないことは理解した。

ならばどうすればいいか。男は考えた。

そうか。困っている人を助け、名前も名乗らず去っていく、正体不明のヒーローになればいいのか。そんな、ドラマに出てくるようなカッコいいヒーローになろうと心に誓った。


男はヒーローに憧れていた。

しかしながら、都合よく困っている人が現れるわけではない。

身近に落とし物をしてしまった人もいなければ、目の前でチカンも起こらない。風船を木に引っかけて泣いている子どもすら現れない。

実際にそういうシーンに遭遇することなんて、実は少ない。ならばどうすればいいか。

そうか。困ってる人を、作り上げたらいいのか。なるほど。その手があったか。

男はヒーローに、憧れすぎていた。

＊

最初は他人の大切な物を盗み、その人が困っているタイミングで、物を見つけてあげることから始めた。

感謝された。最高の気分だった。これがヒーローの第一歩だと思った。

満員電車で他人の腕を女性のお尻に押し当て、チカンにさせた。

すぐにその腕をひねり上げ、女性を助けた。

感謝された。最高の気分だった。


もう、木に引っかかった風船を取ってあげる程度では満足できなくなっていた。

そういう自作自演を繰り返しているうちに、どんどんエスカレートしていき、ついには、人の家に火をつけた。

燃え盛る炎の中、勇敢に飛び込み、住人を助けた。三人中二人も救えた。

とてもとても感謝された。

男は、正真正銘、自分はヒーローなんだと信じて疑わなかった。さあ次は、どんなヒーローになろうか。

目の前に、小学生くらいの子どもが歩いているのを見つけた。男は思った。「誘拐された子を助けるってのも、なかなかのヒーローだな」。男は子どもを連れ去った。

そして後日、駆けつけた刑事に、半ばパニック状態で抵抗したため、危険と見なされ、射殺された。ヒーローに憧れすぎた男の、哀れな末路だった。

男を射殺せざるを得なかった若い刑事は、全ての謎を解き明かしていた。

何か問題や事件のある現場に必ず現れ、感謝され続けている、正体不明のヒーローの男の噂は聞いていた。最初はただの偶然かとも思ったが、刑事の勘というやつが、その違和感を捉えて離さなかった。

刑事は、男のこれまでの行動履歴を全て洗いだし、一つひとつ細かなアリバイの有無、矛盾を探り出し、この男はまやかしのヒーローだと鮮やかに裏をとった。

現場に踏み込んだ瞬間、刑事を見てパニックになる、ヒーロー兼犯人の男。無理もない。自作自演の途中で踏み込まれてしまったのだから。

前代未聞のサイコな自作自演劇に終止符を打ち、子どもを救った刑事は一躍ヒーローとなった。

＊

連日ワイドショーは、このドラマのような事件を報道した。

そしてその若い刑事は、一年前のとある立呑み屋での出来事を、ゆっくりと思い出していた。

「俺はよ、ヒーローになりたいんだよ。アンタは、そんなこと思ったことはないかい？」

「まあ男なら、一度は憧れますね」

「お、話がわかるね、若いの。飲みな飲みな。偶然にも隣り合わせた縁だ。今日は俺がおごるよ」

「ありがとうございます。これでアナタは、僕にとってのヒーローですよ」

「ははは。こんなのヒーローじゃない。本当に本当に、本当になりたいんだよ俺は。でも世の中、そんなに困ってる人なんざ、いないいんだよなあ」

「なれますよ」

「え？」

「なれますよヒーロー。自分で問題や事件を作り上げたらいいいんです。例えばね……」

この若い刑事もまた、〝ドラマのような事件を、鮮やかに解決するヒーロー〟に憧れすぎていた。

起承転結・結・結

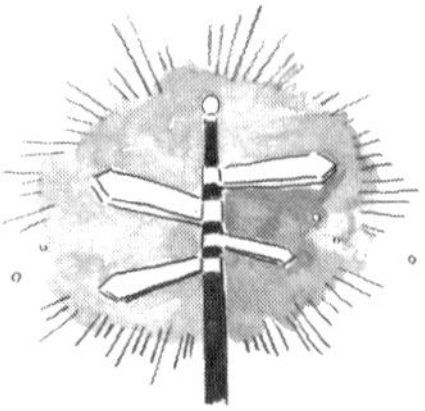

【起】
　男と女の間に、しばし沈黙が続いている。男は場の空気を変えようとしたのだろうか。女が好みそうな話題を持ちかけた。

【承】
男「よし、心理テストしようよ」
女「え、うん」
男「じゃ、想像してね。あなたは今、山小屋にいます。さて、その山小屋に入ると、椅子がありました。椅子はいくつ？」
女「んーーー」
男「あまり考えたらダメなんだよ、こういうのは。直感で」
女「四つ？　かな」
男「オーケー。じゃあ次ね。そこにはテーブルがあり、テーブルの上にはろうそくが立っています。ろうそくの数は何本？」

女「ええと、三本？」
男「いいペースだね。じゃ最後。テーブルに水があります。その水の量は？」
女「ほとんどない、かな？　これで何かわかるの？」
男「ああ、これで君の心は丸裸だよ。まず心理的に、椅子の数は、〝あなたの家族の数〟を表しています。どうだった？　四人家族？」
女「あ、うん」
男「そして、ろうそくは〝一度に愛せる異性の数〟を表してる。三てヤバイね。ははは」
女「え、いやそんなことないけど」
男「最後の水の量、これはね〝夜の営みの満足度〟を表してるんだ。全然じゃんー。はは」
女「もうやだー」

【転】

男「別れよう」
女「え」
男「だって僕のこと愛してないってことだもんね。この結果」
女「何言ってんのちょっと」
男「そうじゃんよ！　なんだよ！　一度に三人愛せるって！　浮気女が！」
女「違うじゃん違うじゃんこんなの！　心理テストなんかで！」

【結1】
男「何が違うっていうんだよ！」
女「だってさ！ ダメだよ！」
男「何が！」
女「山小屋で、山小屋の心理テストしないでよ！ ろうそくも空のコップも目の前にあるしさ！ それに引っ張られちゃうよ。バカなの？」
男「……確かに。ごめん」

三本のろうそくが、男女をあざ笑うかのように揺れていたのだった。

【結2】
男「何が違うっていうんだよ！」
女「いや、だって付き合ってないじゃんそもそも」
男「え」
女「ストーカーじゃんあんた。早くこの縄ほどいてよ！」
男「付き合ってないのか……」
女「はやく」
男「オーケー。オーケー。とにかく、僕にとっては君しか、ろうそくはいないんだよ。さあ、まずは、夜のコップの水を二人でいっぱいにしようね」

女「いやーーーー助けてーーー」
男「誰も助けには来ない。ああ…かわいいよ……」
女「お願い許してー」
男「……あ、もうちょっと、迫真の演技してもらえる？」
女「……ダメでした？」
男「うん。興奮しにくいというか。見てる人も、ここで興奮したいから」
女「はあ、すみません。AVもパッとセックスするだけじゃあ、だめなんですね」
男「ああ。求められてることをやっていこう」

進化し続ける、AV業界なのであった。

【結3】
男「何が違うっていうんだよ！ 言ってみろよ！ おい！ 聞いてんのか！」
男は布団で目を覚ました。
男「…おいっ…！ …なんだよ。夢かよ……」

夢なのであった。

ということで、お話は以上です。いかがだったでしょうか？
起承転から三種類の違った形の〝結〟がありましたね。
これを読んでいるアナタはどの結末が、一番好みでしたか？
直感でお答えください。

【〝結1〟を選んだアナタ】

このシンプルなショートオチを好んだアナタは、一般的な恋愛感の持ち主です。

たまに目移りすることもありますが、お互いを尊重しながら、パートナーと仲良くしていけるタイプでしょう。


【〝結2〟を選んだアナタ】

やや、二転三転の展開を好む傾向にあるアナタは、恋愛面においては浮気性のようです。

常に刺激を求め、ドラマを求めてしまいます。

現実世界では、ドラマが起きないことも幸せ、ということを見出せないと、この先、つらい恋愛になってしまうかもしれませんよ。


【〝結3〟を選んだアナタ】

物事の本質に興味のないアナタ。

あまり恋愛には向いてないようです。

席替え

僕の名前は神山恵介《かみやまけいすけ》、10歳。みんなからは普通に、けーすけって呼ばれてる。どこにでもいる小学四年生さ。

ねえちょっと聞いてよ。この前、席替えがあってさ、一番前の席になっちゃったよ。

ほんとあのシステム、なんとかならないかな。僕なんかよりよっぽど前に座るべき、不真面目なやつらがいるのにさ。もう毎日がプレッシャーだよ。先生とはすぐに目が合うし、ノートはやたらのぞかれるし、本読み率も高い。

唯一の救いは、僕の後ろの席が愛しのゆきこちゃん、てことかな。

え？好きな子なら、隣の席のほうがよくないかって？甘い、甘いなあ。サイコロキャラメルもびっくりの甘さだよ。

隣ってさ、意外に関わることは少ないんだよ。第一、隣の席の子なんてまじまじと見れやしないだろ？校庭に犬でも入ってくるくらいのドサクサにでも紛れないと。そんな確率には頼ってられない。

あと、僕って真面目だからさ、教科書忘れて見せてもらうこともないし、向こうも忘れないし。あ、以前、隣にゆきこちゃんが座ってた時はさ、消しゴムをわざと落として拾ってもらおうかななんてやってみたこともあるけど、どうしてもわざとらしくなるんだ。

「あーあー落としたー。ごめんーそっちいっちゃったー。ごめんー取ってー」

……うん、小学生にして役者にだけはなれないと悟ったよ。それはそれは絵に描いたような大根役者さ。

じゃあ好きな人が前の席ならどうかって？　話聞いてたかい？　僕が一番前の席になっちゃったんだってば。

仮に前にいたとしても、それは逆に気になりすぎて、授業どころじゃなくなるよ。通知表に一本杉が並ぶってなもんさ。

それに引き換え、後ろに好きなが人いるとさ、そう、〝あれ〟があるんだ。あの一日に少なくとも3回はある〝プリント回し〟さ。その時だけは、振り返って、自然に、万全に、純然に、彼女の顔を見つめられるという特権を行使できちゃうわけさ。

マセガキだって？　失礼だな、ピュアなだけさ。

正直、一瞬でも顔を見つめられるだけで幸せだし、それ以上は望んでいないし、どうしたらいいかもわからない。

見つめている間はドキドキして、体の芯がポカポカ熱くなるんだ。さしずめ、学校にいながらにしてサウナにいる気分だよ。ま、本物のサウナには入ったことはないけどね。

くどくど言っちゃったけど、僕は僕なりに、あの一番前の席を満喫することにするよ。

そうするよ。

そのつもりだったんだけど。

席替えから一週間。まだ一度も、あの席で授業を受けたことはないんだ。だからもちろん、一度もゆきこちゃんを見つめたこともない。


おなかすいたなあ。水とパンしかくれないんだもん。

このまま死んじゃうのかなあ。

やだなあ。

僕はどこにでもいる子どもだよ。

無理だよ、身の代金1千万円なんて。僕の家は、どこにでもある普通の家庭だよ。

無理だよ犯人のおじちゃん。家に帰しておくれよ。

誰にも言わないからさ。ほんとだよ?

だってこのままじゃさ、ゆきこちゃんがかわいそうなんだ。

僕がいないせいで、一番前の席と同じ扱いになっちゃうよ。

きっと嫌がってるよ。先生にも当てられやすくなっちゃってるよ。

嫌われちゃうかなあ。

僕が来ないせいだって。

やだなあ。

やだなぁ…………………………………………………………


でもほんと、助かってよかったよね。

うん。今だから言える話だよね。それは確かにそうだね。

あ、そうなんだ。そのゆきこちゃんが犯人の場所の手がかりを見つけたんだね、すごいや。

え、なるほど、実はゆきこちゃんもけーすけのことが好きだったんだね。だからけーすけが寄り道しそうなところとか知ってくれてたってことか。すごいすごい。

それで二人が結婚して、パパが生まれたんだね。ほんとすごいね、ゆきこちゃん！

あ、ゆきこちゃんていうか、おばあちゃんか。あははは。


え？ 僕は寄り道なんてしないよ？ ちょうど僕も四年生だけどさ。

おじいちゃんのお話はおもしろかったけど、そんな怖い目には遭いたくないからね。

ん？ 今、好きな子はいるのかって？

んーーーーーーーーー。

それは言えない。


でもさ、こないだ席替えで僕も一番前になったけどさ、今の席、気に入ってるよ！

アイツとソイツ

目覚めると、いつもそこに〝アイツ〟はいた。

一言二言会話を交わすものの、ほかに何をするでもなく、何を言うでもない。共同生活というのは、得てしてそういうものなのかもしれない。

〝アイツ〟に嫌なことがあった日はわかりやすかった。

大飯喰らいのヤケ酒ざんまい。
そしてタバコの煙を部屋に充満させまくる。
暴飲暴食、そして暴吸。私の心配など、どこ吹く風。
しかし〝アイツ〟は嫌なことがあると決まって、私にも美味《おい》しい料理を山ほど買ってきてくれる。暴買暴優、も付け加えておこう。

そんな〝アイツ〟が、私は大好きだ。

目覚めると、いつもそこに〝ソイツ〟はいた。

一言二言会話を交わすものの、ほかに何をするでもなく、何を言うでもない。共同生活というのは、得てしてそういうものなのかもしれない。

〝ソイツ〟に嬉しいことがあった日はわかりやすかった。

さっきからずっと、私が買ってきたごちそうから一瞬も目を離さない。

いつもは比較的おっとりマイペースな性格なのに、素早く近づき、ご機嫌をとってくる。今にも飛びかかってきそうだ。こんなにわかりやすく喜んでいるのを見ると、嫌なことも少し吹き飛ぶ。おいおい、なくほど嬉しいのか。まったく。

そんな〝ソイツ〟が、私は大好きだ。

アイツ「ふーー。また、部長にどやされたよ。ったく。俺が何したってんだよ。はあ。お前は気楽そうでいいな。うまいか？　のど詰まらせるなよ。ははは」

ソイツ「ニャー」

ちょっと聞いて
さっき死んだんだけどさ

んーと。これは何から説明すればいいんだろ?
とりま、私の名前はチカコ、29歳。普通のOL。「チカコはいつも元気だね」「いつも明るいね」ってよく言われる。で、さっき死んだばっかり。

待って待ってwww 暗くならないで。そういうつもりじゃないんだ。暗くさせるとか一番苦手で。ほら周りにもそういう人いない？ とにかく暗いのが苦手で、明るくいきたいのよ。

あ、もちろん空気は読むよ？ 友達の悩みだって聞くし、一緒に泣くよ?

でも私は、あんまり悩みを人には言わないかな。私のせいで暗くさせちゃうの、苦手だからさ。何か頼られるとかは好きなんだけど、頼る、とかも極力したくないかな。申し訳ないというか。

だからこの今の状況もさ、「ちょっと聞いてよ～こないだ死んだんだけどさ～」くらいの感じ？ みんなも生きてることを当たり前に思わないで……なんてイイコト言うつもりはさらさら

らなくて。ただ事実として述べただけで、死んじゃったことの受け入れ態勢は完璧だから安心して。

えっと、なんでこうなったかっていうとね。よく覚えてないんだけど、交通事故だったとは思う。なんかみんなでお昼休みバレーボールしてたんだ。漫画かよって？　今どきもいるのよ？お昼にバレーボールするＯＬ。机座りっぱなしはよくないからね。

会社のすぐ近所の公園だったんだけどさ、ボールが車道に出たわけ。そんなのまあ大人だし、本来なら気をつけて取りに行けたわけなんだけど。

子どもがさ、それを取りに行こうとしてくれたの。

いや、普通はさ？　子どもが自分で蹴ったボールを追いかけて、その子を助けようとして車にひかれる、みたいなのがよくある漫画的ベタシチュエーションじゃん？　今回のケースはさ、私のミスしたボールをさ、優しさの感情しか教わってない子どもが取りに行ってくれて、ひかれそうになったわけよ。

ダメじゃん？　この子は絶対死なせちゃダメじゃん？　見返りの感情とかまだ教わってない子どもだよ？　てかあんなの、いつ教わっちゃうんだろうね。どこかのタイミングで教わっちゃうよね。

ごめん、話それた。

とにかくもう、その時の私ときたら、ジョイナー顔負けのスーパースプリンターよ。ジョイナーわかる？　スゲー足速い女性アスリート。月まで届くロケットスタート。途中誰か追い抜いたわ。多分親御さんね。親御さんも巻き込むわけにはいかない。

とにかく子どもが助かればと身を捧げて、後は、まあ、うん。そんな感じ。

だから待って。暗くならないでよ？ｗｗｗ子どもは助かったみたい。めでたしめでたしよ。

で、シューチューチリョーシツ？　で、私死んじゃってさ。

で、結局何が言いたいかっていうと、アレ。アレってほんとだったんだね。

死後にさ、〝耳だけは一番長く生きてる〟ってやつ。

肉体が死んでもさ、聴覚は割とまだ生きてて、聞こえるのよ。テレビで言ってた通りだわ。

それがほんとだったよって、説明したくて。てか誰に説明してんだろｗｗｗ

でも、説明もしたくなっちゃうのよ。だってさ、もう死んでから2時間くらいたってそうなんだけど、まだなんか聞こえてんのよ。なげーよｗｗｗ　1分くらいで終わるかと思ってたわｗ

霊安室みたいなとこに運んでもらってる間の、先生たちの会話も聞こえたしさ。身内の連絡はうんたらかんたらとか。両親は田舎で遠いし、明日とかになるのかな～。そこは申し訳ないな。悲しませちゃうな。さすがにその頃には聞こえてないだろうなあ。

てかさ。彼氏がさ、すげーの。彼氏の広志《ひろし》、すげー泣いてるのよ。なうね。泣いてるなう。

横でガン泣きなうよ。霊安室まで来れるものなの？　忍び込んだりした？　だとしたら、すげー行動力じゃん。

暗くさせちゃったなー。でもでもでもでも、ありがとね。嬉しいよ、そんなに泣いてくれて。聞こえるよ。ほんと好きだったんだね、私のこと。ごめんね広志。

あとは……美由紀《みゆき》もいるよね？　親友なんだけどさ、広志と泣いてくれてる。すまんなお二人さん。お先だわ。ゴリンジューです、も生で聞けたよって教えてあげたいわ。生ってなんだwww

まあ、後悔はあるけどさ、うん。明るく楽しく生きてこれたし、いつかはみんな死ぬわけだし。まあしゃーないか。

さて……これはいつまで聞こえるんだ？

ん？　待って。急に静かになったぞ？　広志泣きやんだ？　ん、なに？　美由紀？

ぼそぼそ何か言ってる？　耳すますよ？　それしかできないからさ。

広志「今、何時？」

美由紀「えと、12時半。もう遅いし、静かにしなきゃ」

広志「そか」

美由紀「うん」

あ、夜中だから静かになったのか。そりゃまた、気使わせたね〜。

広志　「……ここでしよう」
美由紀「え?」
広志　「ここで、しようよ」
美由紀「ちょっと、それはさすがにまずいって」
どした? なに? 揉めてるのか? ん?
広志　「好きなんだよ」
美由紀「私も好きよ、当たり前じゃん」
ん? 待って。
広志　「だからここで今」
美由紀「誰か来ちゃうよ」
広志　「今したいんだよ」
美由紀「変だよ、おかしいよ」
待って待って。
広志　「いいだろ!」
美由紀「ちょっと……!」
広志　「んーー……んー……」
おまいら……? まさか? そんな関係だったの? いややいやいやいや。それはムリかも。あーーー。それはムリだわー。二人、仲良かったもんな。

いやそれは私が間にいたからじゃん？　彼氏と親友。そりゃ仲良くなるだろうけど？　え？　私聞こえてるよ？　大丈夫？　おーい？　泣くよ？　泣けないけどさ、そりゃないよ。どこで、なに、やってんだよ。

広志　「んーーー……」
なげーな。なげーキスだな。んー、じゃねーよ。
広志　「んーー……ちょ手！　離してくれよ、息できねーだろ」
美由紀「だって！　ほんとにしそうだから」
広志　「だからするってば」
美由紀「……わかったわよ。しよう」
ん？　どゆこと？　手？　手で、口ふさいでただけ？　何をするの？　はて？
広志　「せーの、ハッピバスデートゥーユーーーハッピバスデートゥーユーーーハッピバスデディアーチカコ〜〜〜ハッピーバスデートゥーユーーー」
わお。
美由紀「トゥーユーーー…う…うえーーん、チカコ〜ううう……」
わおわお。そうか。私、今、日付変わって。そうか。誕生日の前の日に私ってやつは。そかそか、忘れてたよ。なんだよこれ。サプライズもサプライズだよ。
広志　「チカコーーー…うううぅぅ…チカ…コー…おめでとうなあ…大…好きだぞ〜」
美由紀「チカコ、おめでとううう。ううう…うええええんうえええええん…大好きだよ〜うええん」

なになにもう……待ってよ。嬉しいよお。泣いちゃうよお。泣けないけどさあ。私29歳で死んだと思ってたけどさ、30までいけちゃったよ。二人のおかげでさ。これはそういうことでいいよね？　だって、聞こえるんだもん。二人のお祝い聞こえるんだもん。二人の気持ち聞こえるんだもん。
ごめんよ変な疑いして。耳だけじゃ、難しいね。

広志「チカコはさ〜、いっつもさ〜、なんか明るくしてさ〜、うう…優しすぎるんだよぉ、もっと、もっと頼ってほしかったよ…！　ごめんな、ううぅ…うううう……！」
美由紀「ほんとだよチカコ〜。私さ、うう…いっつもチカコに愚痴ばっかりこぼしてさ…ううぅ…甘えてばっかでごめんねぇ…チカコはさ、天国でもさ、元気なチカコなのかな…？？チカコうぅぅ…えええええぇぇん……！」

あれ？
ムリ。死にたくないよ。
ムリ。やっぱムリ！　ムリムリムリ！
初めて、初めて悩みを大きな声で言わせて！
死にたくない！　死にたくないないない！　ないないないないないない！
そういうのは悩みとかじゃねーだろとかなしで！
神様！　お願いだよ！

もっと広志に甘えたかったよ、ほんとは！

もっと美由紀の愚痴聞いてあげたかったよぉ！

もっと、もっと生きたいよぉぉぉ！！！

聞こえてんでしょ、神様！

私が！私がまだ、聞こえてるんだからさぁ！！！


お願いだよ！！！

お願い！お願い！お願い！お願い！お願い！お願い！お願い！お願い！お願い！お願い！

お願い！お願い！お願い！お願い！お願い！お願い！お願い！お願い！お願い！お願い！

お願い！お願い！お願い！お願い！お願い！お願い！お願い！お願い！お願い！お願い！

お願い！お願い！お願い！お願い！お願い！お願い！お願い！お願い！お願い！お願い！

チカコ「お願い！！！」

金曜日

……今日は、待ちに待った花の金曜日。
人も街も星空さえも、浮かれて見える。
だって今日は、花の金曜日。
一週間頑張った自分へ、ご褒美をあげる日。
それが自他共に認められた日。
素敵な素敵な、そう、花の金曜日。
私の名前は光永京香《みつながきょうか》。どこにでもいるＯＬ。
今日は飲むぞー。ルンルン。

……なんて浮かれてるやつを八つ裂きにするのが、俺の生きがい。
人も街も星空さえも、くすんで見える。
なぜなら今日は、13日の金曜日。
恨むなら己の無力さを恨め。どのような不幸も、受け入れざるを得ない。
我のみに理不尽が認められた日。

不敵な不敵な、そう、13日の金曜日。

俺の名前はジェイソン。唯一無二の殺し屋。

今日は殺《や》るぞ。クックック。

*

「どこに飲みにいこっかな、ルンルン」

「……おい、クックック……」

「ん、何あんた？」

「死んでもらおう」

「は？」

「恨むなら己の無力さを恨……」

「何々⁉ 斬新なナンパね！」

「は？」

「何そのお面、今日はまだハロウィンじゃないわよ、アハハ超ウケるー」

「ふざけやがって死ねぇ！」

「ねえ、アナタお酒は強いの？」

「な！ 俺の斧がかわされた……だと⁉」

「ねえ、聞いてるでしょ？ お酒は強いのかってー」

「な……なめるなー！　うらー！」

「そのお面、取りなさいよー」

「な！　速い！　いつの間に後ろに……!?」

「よいしょと、あら、意外と可愛《かわい》らしい顔してるじゃない。もっとゴツいのかと思ったわ」

「ちょ、やめてくれ！　仮面を返せ！」

「そんなに照れなくてもいいじゃない、けっこう男前よ？」

「な!? 何なんだお前は！　俺が、怖くないのか……！」

「どうして怖がる必要があるの？　こうして出会ったんじゃない、縁は大切にしないとね」

「な、な、何なんだお前は」

「さ、飲みに行きましょ。私に声をかけた罪よ。潰れるまで飲ますからねー。ソーダ割りなんか飲まさないんだからー」

「ち……！　調子狂うぜ……！」

＊

「……みたいな出会いの恋がしたいぜー！」

「ジェイソンよ、お前疲れてんな、一度病院で診てもらえ」

「冷めたこと言うなよ、理想は大事だろ？」

「いや、だって、その出会いは無理だって」

「なんでだよ！　わかんねーだろ！」

「無理だって」

「なんでだよ！」

「だってお前、ブサイクじゃん」

「むっ！　フレディには言われたくないね！！」

キャバクラなんて二度と

へえ。こんなところにもキャバクラがあったのか。どうしよう。昔一度、無理やり同僚に誘われて行って以来だ。あの時は全く盛り上がらなかった。苦手だ。

男はそんなことを思いながら、目の前にある、煌々《こうこう》と輝くネオンの光に吸い込まれていいものか否か迷っていた。

不器用ながらも真面目に生きてきた男にとって、とにかく場違いな場所という印象だった。でも本来は、そんな人間にこそスポットが当たる場所のはずと思い立ち、初めて行った時は、酒の力も手伝って盛大に楽しんだ。

楽しんだのだが、その〝かかりっぷり〟に反比例するように、場が盛り下がった記憶がある。というのも、男はおしゃべりが得意ではなかった。自覚もあった。特に酔っぱらうと、余計につまらないことを口走ってしまうようだったのだ。

おそらくそれが当時、場を盛り下げた原因だったと分析するには至ったが、もはやトラウマとなり反省し、二度と行くまいと誓ったキャバクラ。

男だし、興味がないわけじゃあない。だが、わざわざ傷つきに行く必要もない。

若い女の子も、自分みたいな本当につまらないおじさんに向ける愛想笑いは、持ち合わせてはいないはずだ。


あの日以来、お酒すらも控えた男。人様に迷惑をかけることを嫌う男は「やめとこう」とポツリ。踵《きびす》を返したその時、店の入口に立つ、派手なスーツを着たボーイに声をかけられる。

「お客様ですね？　迷ってらっしゃるならどうぞ」

「いや、僕は……そんな」

「後悔はさせません。必ず」

「いや、そうですか」

真っすぐな目でそう促された男は、あっさりと入り口に吸い込まれていった。ボーイの、男に対する純粋な目。嘘をついているようには思えなかった。もしかしたら楽しめるのか？　そんな淡い期待が男の頭をよぎる。


店内に入ると、それはそれは華やかで、自分が過去に訪れたキャバクラなど足元にも及ばない、豪華絢爛《ごうかけんらん》な景色が広がっていた。男はやや緊張しながら、座り心地のいい椅子に腰をかけていると、ほどなくして、これまた心地のいい天使のような笑顔の女性がやってきた。

「こんばんは〜いらっしゃいませ〜。あれ？　お客さん、こちらは初めてですか？」

「あ、ああ。そうなんですよ」

「そうなんですね。今日は、ゆっくりと楽しんでいってください」

何を飲まれますか？」

「そんなそんな。大丈夫です。何も気を使わなくて結構ですよ。せっかく来られたのですから。

「いや、少し緊張して」

「どうかされましたか？」

「いや、ああ」

「まあ、はい。そうですね、じゃあビールを……」

男は楽しんだ。周りの女性もボーイも、男を楽しませるために最善を尽くしてくれていた。

男のたわいのない軽い世間話から、興味もないであろうこれまでの人生の話。なんでも聞いてくれたし、こちらが黙ると、すぐ気の利いた話題を提供してくる素晴らしい接客。

楽しんだ。飲んだ。楽しんだ。飲んだ。そして男は酒が回りに回り、案の定。

「いやあ、楽しい！　嬉しい！　マンモスウレPだよ！」

「また、ここに来ちゃっても、だいじょーV⁉」

「飲みすぎかな？　許してチョンマゲ！」

「あなたチョベリグチョベリグ！　ほんと困ったちゃんだねえ！　ホの字だよ！」

男は全開だった。あの時のトラウマを忘れたのか。それはそれは、ひどいものだった。もう、つまらないつまらない。とにかく、つまらない。だが、あの時のようにはならなかった。

「嬉しい！　私もマンモスウレPだよー！」

「あははは！　サイコー！　おじさんサイコー！」

「いくらでも飲んでだいじょーV！　あははは！」

「もうさすが！　絶対また来てほしい！」


なんなんだここは。酔っぱらいながらも男は時折、我に返り、自分のハマリっぷりに驚きを隠せなかった。つまらない自覚はある。勘違いはしない。だが、皆、心から楽しんでくれているように思えた。男も、心から楽しかった。


「じゃあ、そろそろドロンするか」

最後にまた、つまらない台詞を吐き、男はボーイにお会計を促した。

するとボーイは、驚くべきことを口にする。

「いえいえ、お代は結構でございます。またいつでもお越しください」

男は目を丸くしながら、派手な白いスーツを着たボーイに声をかけた。

「いやいやすごいですね。死後では死語も受け入れられるし、お金もかからない。さすがは天国。ありがとう」


真面目に生きてきてよかったな、と男は思うのであった。

能力

俺の名前は遠藤《えんどう》武志《たけし》。31歳。俺が自分の「能力」に気づいたのは、小学校も高学年に差し掛かった頃だった。

左手の親指を強く噛《か》むと、時間が5分ほど〝戻る〟のだ。
もちろん、戻る前の記憶は残ったまま。
どうしてそんなことになるのかもわからない。
理由などどうでもいい。

物心のついた俺は、この〝戻る〟能力に狂喜し、中学に上がる頃には乱用した。
先生に当てられた問題がわからなかった時、幅跳びに失敗した時、醤油をこぼした時、あと5分寝たい時、カツアゲされた時、もう一度同じデザートが食べたい時……etc

一度噛むと、また5分間は「能力」が使えないらしいこともわかった。
問題はない。たいていのことは5分戻せれば事足りる。

俺はこの「能力」によって、失敗というものに縁がなくなった。完全、無欠、パーフェクト。

告白すれば、フラれたことはなし（フラれたら戻すだけ。楽勝）。5分以内で結果の出るギャンブルをすれば、負けなし（負けたら戻すだけ。必勝）。屋上から飛び降りようとしているやつを助けてやったこともあった（「人生は素晴らしいんだぞ」と語ってやった。殊勝）。

何の不自由もない人生。そう、勝ち組。

＊

そして今、不自由のなかった人生の、勝ち組だった人生の、走馬灯を見ている。

何十回、何百回と見ている。

ちくしょう。

俺は親指を噛み続けている。

ちくしょう。

飛行機なんて、乗るんじゃなかった。

ちくしょう。

しかし一番悔まれるのは、走馬灯が親指を噛むシーンばかりだったということ。

レシピ

この世には、数々の〝レシピ〟というものが存在している。もはや、レシピが存在しない事柄など皆無に等しい。


レシピに従えば何でもできる。

目玉焼きを半熟にするレシピ。

アイドルを売り出すレシピ。

地球温暖化を防ぐレシピ。


人を、殺すレシピ。


だがまず、レシピ通りに事を運ぶには、それなりの準備や経験が必要だ。

私は、自分の能力を過信するタイプではない。むしろ臆病なほうではある。

石橋があるなら、叩いて叩いて渡らないこともままある。ただどうしても渡りたい石橋が目の前に現れたとしたなら、話は別だ。

そのために……。

殺す。殺す。殺す。

まずは準備だ。問題はない。レシピはある。
なるほど。少し調べるだけで、こんなにも殺しのレシピが出てくる出てくる。世の中は相当な物好きであふれ返っている。
そうか。殺すには、これらの道具が必要なわけか。扱ったことがないわけではないが、慣れるまでには少し時間がかかりそうだ。
まあそれは時間の問題だろう。準備ができ、道具に慣れたら、あとは経験だ。こればっかりは、試しに別のやつを殺すしかない。胸は痛まない。

だってみんな、どこか心の奥底では、リセットボタンを押されたがってるでしょ? 私は文字通りその後押しをしてあげるだけ。

〜1ヵ月後〜

レシピに従えばなんでもできる。私は従った。
先人の創りしレシピに従い、やつを殺した。近づき、懐に入り込み、引き寄せ、素早く、殺す。

よし、レシピ通り。

さっきまで威勢の良かった強者が悲鳴を上げ、ゆっくり倒れていく。

断末魔とは、かくも鮮やかな音色なりけり。

…さて次は……あれ？　おかしい。

今度は私が殺された。

レシピ通りやってるのに。彼が何やら叫んでいる。

「よーし！　これで一勝一敗！　しかしお前、ほんとに格闘ゲーム初めてか!?　油断して近づいたら、めちゃくちゃ投げるのうまいじゃん！」

あれだけ練習したのに。何度もリセットを繰り返しながら練習したのに。

「ま、もう少し読めない攻撃できたら、もっとうまくなるよ。女子で初めてにしては、いい線いってるわマジ！」

「……」

「ええと、次は誰を使おうかな……あれ、お前またレスラー使うの？」

「……」

「なんか女子がレスラー使うっておもしれーな、普通は女戦士とか使うもんだぜ？　あははは！」

「……」

「はは！　あー、おもしれ……」

「好き」

「え？」

「好きなの」

「いや…なに……え？」

「なんか、このキャラクターの感じが好きだから」

「あ…ああ、そのキャラの感じがね…そうだな、レスラーって強そうでいいよな。び、びっくりさせるなよ。はは……」

よかった。
ゲーム好きな彼に気に入られるレシピは、うまくいきそう。
ゲームが終わったら散歩に誘おう。そして手をつなごう。
それが私のオリジナルの、今、創り上げた、
せいいっぱいの、恋のレシピ。

とある旅の男の悲しいお話

時は江戸時代初期。とある旅の男が、たまたま立ち寄った村で、子どもたちに土産話を聞かせている。

「今からする話は、おいらの身にこないだ起こった妙な話なんだけどよ。まあ、ちょいと聞いてくれなよ、おめえさんたち。おいらがこの村に来る前、二つ前の山のふもとあたりかな。山賊に襲われたんさ。いかにもって感じの不粋な連中よ。大柄で横暴な男と、冷酷で狡猾そうな糸目の男が仕切ってた。『ここは通さねえ』なんて言ってきやがる。おいらも最初は抵抗してたがさ、多勢に無勢。命取られても割に合わねえ。しょうがねえから泣く泣く手元にあった握り飯とあり金を手渡したってわけだ」

ほとんど村の外へ出たことのない子どもたちは、喜々として男の土産話に耳を傾けている。

「ほうほう！　そりゃあ大変だったでな！　ほいでほいで!?」

旅の男も、その純粋な相づちに気分をよくしたのか、さらに腕をまくって語りだす。

「ほいでよ！　ここからが信じられんかもしれんが、しょげてるおいらの前によ、妖術使いが現れてよ！」

これまで目を輝かせていた子どもたちの眉間に、数本のしわが寄る。

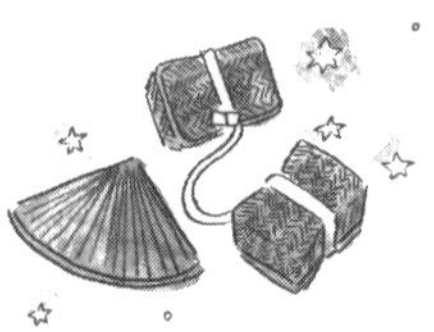

「ん…なんだいそりゃ……？」

旅の男は構わず腕をまくり、話をまくし立てる。

「そいつがよ！　助けてくれたんだよ。これがほんとの話で。そん時はよ、とりあえずその山賊に目にもの見せてえと懇願したらばよ！　妖術でもって山賊たちを豆粒みたいに小さくして蹴散らしたのよ！　ガハハハ！」

さすがの子どもたちも文字通り子ども騙《だま》しな旅の男の話に、興ざめな様子を見せる。

「そんな話、信じれるかよ。聞いて損したや！　みんなあっち行こうで！」

一人残った旅の男はうなだれる。もちろん、この話は男の創作である。だが、虚言でからかおうなどというつもりは一切なく、旅先で立ち寄った村の子どもたちを楽しませたいという一心で作り上げた創作話。旅の男は、ため息混じりにつぶやく。

「また話の運びが悪かったかのう。うーむ。妖術使いのところが、いまいち伝わらないのかもしれん。もっとありそうな……例えば」

旅の男はひらめく。

「そうか。化け猫のたぐいにすっぺか。これならまだいけるんでは。……うーむ……」

……旅の男の発想自体はよかったのだが、この時代ではまだ、子ども受けしない種類の物語だったようだ。山賊をいじめっ子に変え、妖術を秘密道具に変え、化け猫をロボットなんかに変えていたら、爆発的ヒット間違いなしのお話になったのに。

かわいそうな、たびの男であった。

ジャージ

男は着替えなければならなかった。

いつもジャージ姿の男。見た目を気にしないタイプ、と言えば聞こえはいいが、理由としては至ってシンプル。

〝単純にジャージが楽だから〟

寝る時はもちろん、遊びに行く時も、仕事の工場でも、旅行でさえも、とにかく楽だからという理由でジャージを着続けた男。なるほど確かに機能的だし、毎日服を選ぶストレスからも解き放たれ、人体工学上、理にはかなっている。

なぜみんなジャージをあまり着ないのだろう。こんなに楽なのに。ジャージ以外を選ぶ意味がわからないよ。

日々脳内で、人々にこう問いかけ続けるのが男の日課。日々ジャージ推し。基本は黒。洗濯した時は、予備の赤、白、青。このパターンを着回す人生。ベストジャージスト。
しかし『人は見た目が9割』なんて本が昔あったように、実際問題ジャージ姿では都合が悪い時もある。それが、自分の父親の葬儀の場ではなおさらだ。
しかしなぜだろう。男は一切、着替える気が起きなかった。

一人っ子の長男として生を授かり、幼い頃に母を亡くし、男手ひとつでここまで育てられるに至った。その父が前々から患っていた病で亡くなり、やらなければならないことは山ほどある。友人、関係者への連絡は妻に任せ、葬儀会社への事務的対応、当面の金銭面の整理。それらをなんとかこなし、もう目前まで葬儀の時間が迫ってきている。

男は着替えなければならなかった。

もちろん、と言ってはいささか語弊があるが、知人や親戚の葬儀には何度か参列したことがある。男は、喪服に着替えなければならなかった。
ジャージ姿の男は、茫然と自失の谷間で考える。

なぜみんなジャージをあまり着ないのだろう。こんなに楽なのに。ジャージ以外を選ぶ意味がわからないよ。

なぜ父は逝ってしまったのだろう。いや、それは人間である以上、仕方のないことだ。
それよりも、なぜ涙が止まらないのだろう。
俺はこんなにも涙もろかったのか。
俺はこんなにも父を愛していたのか。
なぜ着替えなければいけないのだろう。限界だよ。
喪服? 靴下、ネクタイの色? 意味がわからない。
バカみたいにシャツにアイロンをかけて、バカみたいにネクタイをキツく締めて、
バカみたいに頭髪を整えて、バカみたいに数珠を握りしめる。
なぜバカみたいに、みんなそんなことができるんだ。
それどころじゃないだろ。
それどころじゃないんだよ。
違うんだ。俺がジャージしか着てこなかったから面倒だとかじゃないんだ。
イヤなんだ。シャツのボタンやネクタイを締めている時間なんて必要ないんだ。
今は一瞬でも父以外のことを考えたくないんだ。
父以外を思う時間が、イヤなんだ。

こんな時でさえ日課のことから考えだした自分を恥じながら、しかし、ジャージの手首の部分が
水分を含み重たくなる頃には、数珠はどこだったかな……と冷静さを取り戻していた。

遺言はなかった。寝たきりだった父がこうなるのは、ある程度覚悟していたことだし、自分に向けての最後の言葉なんてものは、この男には必要なかった。

ここまで涙を流させた父。それだけで十分だった。

慣れない喪服に着替え、葬儀の場に向かう道中で喪主という意識も芽生え、現場にたどり着くや否や、男は驚愕する。


なんと参列者全員が、ジャージ姿だったのだ。

別に黒のジャージばかり、ということでもない。赤、白、青、まるで父兄参加の運動会だ。

状況が呑み込めない。知らないうちに文化が変わっていたのか。

目を丸くしている男に、妻が優しく、静かな声で話しかける。

「ごめんなさい、驚かせちゃったね。実はあなたのお父さんからね、言いつけられてたの。バカ息子がいつもジャージだから、葬儀は息子の格好に合わせてくれって。いつも通りの元気な息子に送られたいからって。驚いた顔を天国で見たいから、息子には黙っててくれって」

「…ははは」

男は短く笑った後、さんざん流したはずの涙が、またこぼれ落ちた。


そして……。

男は着替えなければならなかった。

満月も見えない昼下がりの出来事

その時、俺は思ったんだ。

〝覚悟を決めろ〟

俺には悩みがある。27歳。独身。

悩みと言っても、彼女ができないだとか、仕事を辞めたいだとか、世間一般的なそれではなく。もうずっと悩み続けてきたが、解決する糸口は見えず、相談できる相手もいない悩み。

俺は、狼男なのだ。

満月を見ると狼の顔立ちとなり、力強い毛むくじゃらの体に変身してしまうという、映画なんかにもなっている狼男。俺は、というと別に満月は必要なく、狼男に変身したいと強く思えばいつでもなれてしまうという、あまりにご都合主義な異形の存在。

これがゲームなら、なかなかにチート。

こんなこと、一体誰に相談すればいい。誰が受け入れてくれる。

ただ、これを言ってしまうと元も子もなくなるが、さして困っているわけではない。

このラインが絶妙で、悩みではあるが、困ってはいない。

なぜなら、「狼男になりたい！」と強く思わなければいいだけなのだから。中二病的な言葉を借りるならば、ずっと能力を封印していればいい。


キッカケはというと、20歳を過ぎた頃に狼男の映画か何かを見て、その時になれてしまった。以上。なぜなれたのかもわからないし、なぜその時、狼男になりたい！と強く思ってしまったのかも覚えていない。


若気の至りってやつか。いや、何も至ってはいない。悪いことはしていない。

どうせなれるなら、スーパーマンとかがよかった。ただ事実として起こった。

ただなった。狼男に。


当時の俺はもちろん、動揺し、悩み、泣き、もう死にたいとさえ思った。

だが、元に戻りたいとまた強く思えば戻れたし、日常生活に支障は来さないので、自我さえ崩壊しなければ生きてはいける。だが、悩みには違いないのだ。


そして今、俺のいる場所から10ｍほど先の解体予定ビルの真上から〝ガン〟と低く鈍い音が聞こえた。

近くを歩いていた皆が、その方向に目をやる。鉄骨が勢いよく地面に落下していくのを確認する。

そして、鉄骨が落ちていく先の地上には、なんと運の悪いことか。杖をついた老婆と、孫であろう幼い子どもの姿が。

二人はまだ、鉄骨に気づいていないようだ。


「危ない！」

「逃げろ！」


そんな声が聞こえる刹那、俺は覚悟を決めた。

狼男だとバレてしまったら、この先どうなってしまうかなんて、今は考えてる場合ではない。

考えるより先に狼を動かせ。封印を解くなら今だ。久々に強く、心の中でこう唱える。


「狼男になりたい！！！」


一瞬で突き出る口元、生え変わる体毛、着ていたシャツを突き破る筋骨隆々な肉体。

狼男のスピードとタフさは確認済みだ。

間に合え！　間に合え！
ズシンとけたたましい音を立て砂煙を上げる鉄骨。
「よかった。助かった！」
そして辺りを見回すと、俺も含め、狼男だらけになっていた。
なーんだ。
みんなそうだったのか。
みんな隠していただけだったんだ。
悩んでて損した。
老婆にケガはないようだ。
鉄骨を弾き返し老婆を抱えた小さな狼男が、大きな狼男たちから拍手を受けていた。

偏見↓偏見↓偏見

自分で言うのもなんだが、俺は多分、真面目だ。好きな人としかそういう、その、いわゆるそういうことはしたくないし、コンパというか飲み会みたいなのも苦手だ。

出会いなんてものは、なんていうかこう、自然で純然であるべきだ！というスーパー童貞スローガンを掲げているうちに、気づけば26歳。

おいおい。思い描いてた未来と違いすぎて、開いた口をふさぐのも疲れる日々。

なんでだ。なんで誰も19歳くらいの時に、

「ソノスローガンキケンデスヨオニーサン」

と一言教えてくれなかった？いや、俺が聞く耳を持っていなかったのか。


だからって今、別に諦めて腐ってるわけじゃあない。

彼女はいつだって欲しい。

だから身なりには気を使ってるし、テレビなんかで毎回好きな男の条件として上位に挙がる清潔感というやつは気にして過ごしている。

でもさ、過ごしているだけじゃ、しょせん過ごしてる止まり。過ごすだけなら童貞でもで

きる。

なので、さすがの俺もこうして今、友達に人数合わせで誘われた苦手な飲み会に参加してしまってるわけで。

＊

よーし。がんばらないと。

ただ問題があるとすれば、この二十六年間で培ってしまった異性に対する理想像だけは膨らみに膨らんで、色眼鏡でしか女子を見られなくなってしまっていること。

どうせ遊んでんでしょ、あなたは。とか。どうせパパ活してんだろ、君は。とか。俺みたいな純粋な女子はもういないでしょ。とか。

そんなふうに色眼鏡の度数がどんどんどんどん強くなり、牛乳瓶の底よろしく、特に初対面の女子に対しては、まずは偏見のレンズでしか見られなくなってしまっていた。

わかっている。よくない。偏見はよくないぞ。なるべく偏見をなくしていかないと。出会えるものも出会えなくなる。

そして今、目の前に座っている〝いかにも飲み会好きそうなクラブ通ってます系女子〟が、枝豆を頬張りながら年齢なんて聞いてくる。

ああ、また偏見から入ってしまった。

俺「に…26歳だよ」

飲み会好きそうなクラブ通ってます系女子「へ～！ そうなんだ。見えないね！ もっと若いかと思ってたよ。25とか？ 変わんねー！ アハハハ！ ウケル！」

俺「そ、そう。ははは。そ、そっちは何歳？ あ、だめだね、こんなの聞いたら」

飲み会好きそうなクラブ通ってそうなうるせー女子「いや大丈夫だよ！ 私24歳！ なにお兄さん真面目？ アハハハ！ せっかくの飲み会なんだから、盛り上がろうよ！」

俺「そうだね、ごめん。こういう飲み会、あんまりしたことなくて…。クラブとかも行ったことないしさ」

飲み会好きそうなクラブ通ってそうなうるせー女子「あ、そうなんだね。クラブは私も全然行かない。ちょっと苦手なんだよね～。音がうるさいとか、ナンパ多いとかでさ」

俺「あ、そうなんだ。てっきりすごい好きなのかと」

飲み会好きそうなクラブは行かないうるせー女子「アハハハ。よく言われる。でも私こう見えて……って自分で言うのもなんだけど、割と真面目なんだから！　付き合ったりしたら、ほんと一途！　浮気とかも、1回もしたことないし」

俺「ほんとに？　ごめん。けっこう遊んでたりするのかなあと」

飲み会好きそうな意外と真面目かもしれない明るい女子「ほんとだよ！　よく見た目で判断されちゃうけどさ。こんな感じが好きなだけなのよ。元カレにも『浮気してんだろ』とか勝手に疑われて。ほんとにしてないのにだよ？」

俺「あー、そうなんだ。大変だったねそれは」

飲み会好きそうな一途な明るい女子「そうだよ。それでさ、結局私が浮気されてるんだよね…もう疲れちゃったよ」

俺「そっか。俺も浮気とか、ほんとにわからない。恥ずかしい話、経験もあまりなくて…。今は、か、彼氏はいないの…？」

飲み会好きそうな一途な可愛い女子「恥ずかしくなんかないよ！　大丈夫だよ！　彼氏はいないよ？　でもさ、出会いもないしさあ。だから飲み会は来るけど。てか、こんなこと言うのもアレだけど、飲み会に来る男女でほんとに真面目な人って、ほぼいないよねえ。だってほんとに真面目な人は、そもそも来ないし」

俺「わかる。すごいわかる。俺もさ、飲み会でそんないい出会いなんてないだろ、って思ってて。でも、ずっと出会いなかったから……きょ、今日初めての飲み会なんだ」

飲み会に一応来た実は真面目な女子「え。そうなんだ。マジで真面目な人だ！　ウケるね。私も真面目！　アハハハ」

俺「そうだね。偏見ってよくないね。はは。あははは」

飲み会で出会った好きになりそうな女子「いい出会いあるといいね、お互い～」

俺「うん。いや、それなら、もう……」

飲み会で出会った好きな女子「ん？　なんて？」

俺「いや、良かったらさ、また二人でも…」

飲み会で出会った運命の女子「ん？」

と、そのタイミングで個室居酒屋のドアが勢いよく開けられる。

？「遅れてごめんー！　おお！　盛り上がってるねー！」

俺「あ」

俺を飲み会に誘ったイケメン友達「おー！　来てくれたか！　どう？　楽しんでる？」

俺「まあ、うん。おかげさまで」

俺を飲み会に誘ったイケメン友達「よかったよかった」

飲み会で出会った運命の女子「あー！　遅いしー！　ほらここ！　私の隣の席空いてるよ！」

俺を飲み会に誘ったイケメン友達「おお、サンキュー」

飲み会で出会った運命の女子「今日知ってる人いなくて不安だったよ！　ビールでいい？」

俺を飲み会に誘ったイケメン友達「おー！ たのむー」

飲み会で出会った運命の女子「ビールひとつお願いしまーす！ ……あ、ごめんごめん、話の途中だったよね？ なんだっけ？」

俺「いや、大丈夫だよ。大丈夫」

飲み会で出会っただけの女「そっか……まあせっかくだし、飲もうよ今日は！」

結局ね。結局こんなもんだよ。
偏見はよくないけども。
いや、全然悪い人ではなかったけども。
危ない危ない。
やっぱ飲み会で、そんなうまい出会いがあるわけない。
ふう。

それから、なんとか初の飲み会をこなし、終電で帰る時間となった。
さて、二軒目がどうとかみんな言ってるが、帰ろう。うん。いても仕方ないだろう。
なんだか疲れたな。こんな頭の固い自分が嫌になる瞬間だ。

＊

さて、二軒目どうしようかな。
あれ、あの人帰っちゃうのか。
あんまり後半話せなかったな。
慣れてない感じだったし。ほんとに真面目な人っぽかったぞ。
今どき、飲み会にいるんだな、あんな人。
飲むと調子乗っちゃうからな私。気使わせちゃったかな。

んーーー。よし。

私「ねえねえ、帰るの？ 連絡先だけ交換しよ？」

飲み会で出会った久しぶりにすごく気になる男子「え？ う、うん！」

いつも悪いな

老夫婦が営んでいる、冷房がバカみたいに効いた近所の喫茶店。

夏の暑い日、金もない俺たちにとって、そこは絶好のたまり場だった。

カランコロンカラン——

「…もう二度と電話してくんなよ！ わかったか!? じゃあな！……おう、来たか」

「なに、今日は鈴山《すずやま》だけ？」

「ああ、みたいだな」

「てかなに？ 電話。誰かと揉めてんの？」


俺たちは特に約束することもなく、暇なやつが自然と喫茶店に足を運ぶスタイルをとっていた。なので、一人で過ごしてしまうこともままあったが、今日は鈴山がいち早くアイスコーヒーのおかわりをし続けている。

こいつの話はおもしろいから好きだ。今日も、なんかありそうだぞ。

「ああ。ちょっとな。揉めてるっちゃ揉めてる」

「なんかあったの？」

「いや、聞いてくれよ。メリーさんから何回も電話かかってきてさ。わかる？　メリーさん」

「…お化けの……？」

「そうそうお化けお化け。『もしもし私メリー。今からあなたの家に行くね』とかさ、『今あなたの家の前よ』とかさ、『今……あなたの後ろにーー！』みたいな、なんか、だんだん近づいてくるストーカーメンヘラお化けなんだけどさ」

「ははは。なんだよそれ」


鈴山は霊感が非常に強いらしく、強すぎるがゆえに、お化けが怖い、という感情が欠落してしまったようで、こんな感じでいつも淡々と、お化けとのやり取りを話してくれる。

本当か嘘かはもうどうでもよくて、仲間内はみんな鈴山の話が楽しくて大好物だった。

俺に至っては、もうファンの領域だ。

今日もテンポを上げ軽快に話を続ける鈴山。

「でさでさ、オレ、メリーにムカついてさ、『来れるもんなら来いよ！』ってかましてさ、ここに来たわけ」

「うんうん。それで？」

「したらさ、さっき、『今あなたの部屋にいるんですけど、どこにいるの？』って。オレ今、喫茶店じゃん。メリー、オレのこと見失ってんだよ。あいつバカだわ」

「ヤバいなお前。ははは」

「あ、ごめんちょっと待って」

「どうした？」

「いや、今さ、おびただしい数の手がオレの足首にまとわりついててさ。ちょっと全員にしっぺするから待って」

「やめとけよ。はははは」


こんな調子でずっと、霊感が強いという付加価値をどんどん下げてくれる。

ある種、お化けより怖い鈴山。たまらず続きを引き出す。


「最近、ほかにはなんかあった？」

「んーーー、そうだな。なんか井戸で皿数えてるお化けの皿でパスタ食ったな」

「あれ大事な皿だろ。ははは」

「髪が伸びまくる日本人形にエクステつけたわ」

「やめたげろよ。てかよくつけれたな」

「トイレの花子さんに『男子便所に入ってくんなよ』って1時間説教したわ」

「かわいそうすぎるわ」

「あとさ」

「まだあんのかよ」

「なかなか成仏しない連れの相手、毎日してあげてるわ」

「いつも悪いな」


老夫婦がカウンターの奥で今日も、少し心配そうに鈴山を見ていた。

さあ、問題です

クイズMC「さあ、問題です！　スタジオジブリでおなじみ宮崎駿監督が、映画初監督作品
ということでも知られる劇場版ルパン三世ですが、そのタイトルといえば、『カリオストロの城』、
ですが、
そのルパン三世の世界観が崩れないように、日本人なのに外国人のような名前をつけた作者
の名前といえば、『モンキー・パンチ』、
ですが、
モンキーは猿ですが、日光東照宮に祀られていることで有名な猿といえば、見ざる聞かざる
ともう一つは、『言わざる』、
ですが、
まさにリアル言わざる、寡黙でストイックな男のイメージがある俳優、高倉健さんの時代を
超えた名言といえば、『不器用ですから』、
ですが、
不器用とは逆の意味の器用、器用で色々なことができるのにそれが幅広いがゆえに個性とは
なってない人たちの俗称といえば、『器用貧乏』、

ですが、
貧乏というワードを入れ込み三千万部のベストセラーとなったロバート・キヨサキの著書、
資産をわかりやすく説明した本のタイトルといえば、『金持ち父さん 貧乏父さん』、ですが、
父さんが出てくるアニメ、理想のパパキャラクター大調査！ 20代・30代女性が選んだ「じゃらん 理想のパパキャラクターランキング」の2019年度の一位は『クレヨンしんちゃん』の野原ひろし、二位は『サザエさん』のフグ田マスオ、そして三位はというと、『となりのトトロ』のサツキとメイの父さんの『草壁タツオ』、
ですが、
トトロの人気キャラクター、ネコバスの足の数は全部で何本あるかというと『12本』、ですが、
今、何問目、かというと、まだ一問目、ですが、この長々と続く問題を最後まで読んでくれている心優しく探求心のあふれる素敵な人は、さあ、誰？ フルネームでお答えください！」

＊

クイズMC「お時間です。答えをどうぞ！」
〇〇 〇〇「〇〇 〇〇」
クイズMC「正解！」
〇〇 〇〇「マジ時間返せ」

私の名前は笹原香織です

来た来た。落ち着け。自然に自然に。

私は傍からバレないように静かに深呼吸を3回繰り返し、今日も放課後の下駄箱に向かう。北校舎の三階にある自分の教室を出て、一階に向かう途中の階段の踊り場では、立ち止まってスマホを見ていても特に気にかけられない。私はそうして見るでもないスマホのホーム画面を押したりスライドさせたりして空虚な間を潰し、階段を下りた先の下駄箱へと意識を向ける。ほどなくして、南校舎側から下駄箱にやってきたアイツをとらえた。

アイツ。荻《おぎ》野《の》瞬《しゅん》。高校一年と二年はクラスメートだったが、三年生で別々のクラスになって以来、こうして下駄箱で偶然すれ違い、挨拶や軽い世間話を交わすくらいしか、荻野と接する機会はなかった。

まあ今日はこうして、偶然を必然に変えてる最中なんだけど。私はこれを〝階段踊り場待ち伏せ作戦〟（そのまんま）と呼んでいる。

私の名前は笹原《ささはら》香《か》織《おり》。荻野に恋をしている。

今から私は荻野に告白する。荻野に、嫌われるために。

荻野はどちらかといえば、クラスでも目立つタイプではなかった。私は、というと自分で言うのもなんだが、クラスでも割と明るいほうのグループに属している。

どうしてこんなに好きになったんだろうと、改めて自分に問いかける。

高校一年生の時、荻野とクラスメートだった頃は彼に興味すらなかった。とまで言ってのけると、今の私からすると考えられないけれど、本当に特に意識もしていないただの、いちクラスメートだった。

＊

あれは確か二年生の時、お盆も過ぎた夏休み半ば。近所のコンビニにアイスを買いに行く途中の公園で荻野を発見した。おそらく年の離れた小さな弟を連れた荻野は、公園で楽しげに声を上げてボール遊びをしていた。

普段、教室でもあそこまで大きな荻野の声を聞いたことのなかった私は、「へー意外。弟思いの、いいお兄ちゃんなんだー」程度にしか思わず、さあアイスを買いに行こうと、つま先をコンビニのほうへと向けたその時、私の足元にボールが転がってきてしまう。

ほとんど話したことのないクラスメートと夏休みに会うのも、なんだか気まずいので、一瞬そのまま気づかぬふりをしてしまおうかとも思った。

ただ、純粋無垢な可愛《かわい》らしい子どもが私の足元のボール目掛け、駆け出してくるものだから、やむなく拾ってあげて、なるべく自然に挨拶を交わす。

「はい、僕。ボールだよ。ってあれ、荻野じゃん。偶然だねー」

「……？　あっ、え。さ、笹原、さん…。うん、偶然」

私を、その瞬間に認識したであろう荻野は、明らかに戸惑っていた。

さっきまでの明朗で快活なお兄ちゃんは、どこかに消えていた。

それが少しおかしくなって、私は荻野に訊《たず》ねる。

「弟くん？　可愛いねえ。何歳なの？」

「あ、ええと。4歳。……なんだけど、弟じゃないんだよ」

「え？　そうなの？」


聞けば、その子は荻野のお姉さんの子どもで、離婚してシングルマザーとなって実家に帰って来たお姉さんが昼間働いている間、荻野ができるだけ遊んであげてるとのこと。夏休みは、ほぼ毎日だそうだ。

「しゅんーーー！　だれこのひとーーー？？」

「おい、まずは、こんにちは、だろ。同じクラスの笹原香織さんだ」

「かおりー！　こんちわー！」

「おいおい。ははは。ごめんね笹原さん」

私もつられて笑った。

突然お父さんがいなくなったこの子からすれば、荻野は本当のお兄ちゃんのような存在なんだなと瞬時に伝わった。

高校の夏休みなんていう、自分の青春の時間を削って、あんなに懸命に声を上げて遊んであげていた荻野。ただただ夏休みを自分のためだけに、ダラダラ過ごしている私。比べることではないが、なんだか恥ずかしくなった。


荻野は優しいんだな。できる限り、この子が寂しくならないように。

これまでまともに話したこともなかったから、知らないことだらけだ。

そこから少し会話を続け、「じゃあまた学校でね」と別れた帰り道。さっきまでの会話を無意識に反芻《はんすう》していることに気づく。


そういえば知ってくれてたんだな。私の下の名前……。


急に、荻野のことが気になってしまっている自分がいた。

そこで初めて、瞬という荻野の下の名前を名簿で確認する。こんなに、静かに、胸が鳴るのは久しぶりだ。

荻野が気になる。動揺している。私はアイスのことなど忘れて家に帰り、ベッドで足をバタつかせていた。
あーーーーー
好きな人できた。

＊

夏休みが明けるのを、これほど待ちわびたのは初めてだ。

私はあれ以来、荻野と学校でも話すようになった。とは言っても、挨拶に毛が生えた程度だが、それでも幸せだった。

朝、荻野と下駄箱で偶然会えた日は、一日いい気分だった。


思いなんて告げられないまま三年生となり、荻野とクラスが離ればなれになった時は、家で泣いてしまった。それでも階段踊り場待ち伏せ作戦を覚えてからは、時折話せる機会もあり、そのたび胸が熱くなった。

そして私は覚悟を決め、夏休みに入る前の七月のある日、もう慣れたもんだの階段踊り場待ち伏せ作戦ののち、荻野に告白した。


返事は、オーケーだった！

荻野は、私が好きになるよりずっと前から、私のことが好きだったそうだ！

なんだよ。じゃあそっちから告白してくれよ。草食系め！　あはは！

嬉しい！

あー！　嬉しい！！！

早速一緒に帰り、お互い照れながら、初々しい距離感で歩いた帰り道。荻野が突然私を押しのけた。

荻野は暴走してきた車にはねられた。

なに？　なにが起こったの？

意味がわからない。さっきまで隣にいたよね？

なぜ横たわっているの？　私を助けたの？

荻野は死んだ。

神様どうか。嘘と言ってください。どうか。目の前が、真っ暗になっていく。

＊

え？

私は気がつくと、階段の踊り場で下駄箱を睨みつけていた。

どういうことだ。

荻野は？

荻野はどうなったの？　車は？

なに？


ほどなくして荻野が下駄箱に現れる。


荻野！　よかった！

何がなんだかわからないが、時間が戻っている。奇跡なんてものは信じてなかったが、これは紛れもなく、奇跡だ。

私は駆け寄り、再び告白した。一緒に帰った。荻野は車にはねられ死んだ。

＊

もう、何十回目だろう。いつまで繰り返しているのか。何なのこれは。

一体全体、神様は、この奇跡は何を望んでるの？

私は様々なパターンを試した。

荻野に告白して付き合うと、荻野は私をかばって死ぬ。

荻野と挨拶だけ交わすと、「少し一緒に帰ろう」となり死ぬ。

荻野に話しかけないでいると、荻野が私に気づき、話しかけられ、帰り道で死ぬ。

なぜだかどう転んでも、荻野と接触して、一緒に帰るのは避けられなかった。

なぜ、こんな残酷なループが続くのかはわからないが、荻野を死なせない未来を作らなければ。

時間軸の神様にまだ試していないことがあるとするなら、残されたのはただ一つ。

荻野に嫌われる、という行為だけだった。

これなら一緒には帰らない。これでダメならもう、抜け出し方がわからない。

*

私は下駄箱で、荻野に、できるだけいつも通り話しかける。

「あ、荻野」

「ああ、笹原さん、今帰り?」

「荻野さ、ちょっと話あるんだけど」

「え、どしたの」

「ここじゃなんだから」

私は、そう言うと裏門に荻野を連れていき、努めて冷静に話す。

「あのさ、私さ、荻野のこと気になってたんだけどさ」

「え？　あ……いや」

恥ずかしそうにする荻野。これじゃあダメなんだ。

「でもさ、なんていうか勘違いだったわ。うん。いや、若いって怖いわ〜。荻野暗いもんね、やっぱり。友達も、ほとんどいないでしょ？　あのなんだっけ？　お姉さんの子どもだけなんじゃない？　荻野の友達ってさ。ウケるね。あはは。だからさ、今後、話しかけないでもらえる？　クラスも違うんだしさ、それだけ。ごめんね、今まで勘違いさせてたかも。じゃあね」


私は一息でそう言い終わると、すぐさま踵《きびす》を返し走った。荻野の顔は見られなかった。走りながら私は、涙が止まらなかった。


なんて。

なんてひどいことを私は。

大好きな人に、なんてひどいことを。

誰よりも優しい荻野に。

思ってもないことを。

胸が痛い。

荻野ごめんね。

ごめんね荻野。

大好きだよ。大好きなんだよほんとは。

私はそのまま大通りを抜け、荻野がいつも車にはねられる場所にたどり着いた。

よかった。これで運命は変わる。

荻野の死なない運命の歯車が動きだしたはずだ。


しばらく走り疲れて、歩道を歩いていると、何者かに後ろからものすごい力で引っ張られた。

その瞬間、私がいた歩道に車が突っ込んできた。

私を引っ張った相手は振り子の原理のように体を投げ出され、私の身代わりとなった。


頭から血を流し、ピクリとも動かない。


なんでよ。

なんでなのよ荻野。

なんで!

追いかけてきてんのよ!

さっきあんなにひどいことを言ったじゃん!


そして、時間は戻らなかった。

荻野は一命を取り留めた。望んだ未来にはならなかったが、最悪ではない。

高校最後の夏休みは、毎日のように荻野のお見舞いに足を運ぶ。ご両親にも「私のせいです」と何度も頭を下げた。「気にしないで」と言ってくれたが、悲しかった。あの男の子にも、きっと寂しい思いをさせている。

荻野の身体は、リハビリをしていけば、激しい運動は難しいが、日常生活を送れるくらいまでには治るそうだった。

だが、荻野は記憶を失っていた。

お医者さんは、事故で頭を打ったショックで一時的なものだと言うが、いつ戻るかは全くわからないとのこと。

私たちは、毎日話をした。なんでもないことを、一から毎日。

荻野は私のことは覚えていなかったが、生きてるだけでよかった。

「私は笹原っていいます。荻野とは一年と二年と、同じクラスだったんだよ。それで私を助けてくれたんだよ。ほんとありがとう」

「そか。ごめんね。笹原さん。何も思い出せなくて」

「ううん。いいんだよ」

入院中、荻野の意識が戻ってからは、こんなふうに自己紹介のような距離感で話す毎日。それでよかった。


だが、夏休みもまた半ばを迎え、ようやく再び打ち解けてきたある日。

「荻野〜。元気してた？ アイス食べれる？ 買ってきてあげたよ」

「ああ、ありがとう。あのさ」

「ん？ 何？」

「そういえば笹原さんって、下の名前はなんていうの？」


そう聞かれた瞬間、あの日のことを思い出した。

荻野を好きになった、あの日のことを。

そうか。そうだよね。

知らないよね。私の下の名前なんて。

悲しくて泣きそうになったが、ぐっとこらえた。がんばったぞ私。平静を装い、答える。

「ああ、そういえば言ってなかったね。荻野は瞬だよね。私は、私の名前は香織。笹原香織です」

「かおり………」

「ん？」

「かおり……かおり…うう…ううぅ」

私の名前を声なき声でつぶやいたあと、突然の頭痛に襲われた荻野。ナースコールを押さなきゃと手を伸ばした刹那、荻野は再びつぶやく。


「思い出した」


まさかの荻野の一言に、当然私は訊ねる。

「思い出したの!? ほんとに？」

「ああ、笹原さんが生きててよかった。ほんとによかった！」

うん。確かに、荻野に助けられたんだものね。

「うん、ありが…」

お礼を言おうとする私の言葉をさえぎり、荻野は続けた。

「違うんだ。笹原さん。僕ね、ずっと戻ってたんだ」


え、今なんて？

「ずっと繰り返してた。君が車にはねられそうになったところを、僕が助ける。その度に時間は戻った。僕が死んでしまってはいけないようだった。でも何もしないと、君が車にはねられて死ぬ。そしてまた、時間が戻る。僕は歯がゆくて歯がゆくて。でも、どうしようもできなくて」

荻野も？　荻野も繰り返してた……？

「そんな時、笹原さんが僕に嫌われようとしてくれたよね。恐らくそれで時間軸にひずみが起こって、僕は結局車にはねられはしたけど、二人とも生き残る道が現れたんだと思う。君もきっと、何度も僕を救おうとしてくれてたはずだ。ありがとう。笹原さん」
私は荻野の話を、ちゃんと理解することはできなかった。
でも確かに言えることは、お互いがお互いを救おうとしてたってこと。それだけはわかった。

ああ。そうだったんだ。荻野も私をずっと。

「笹原香織さん」
「え。なに急にフルネームで。あはは」
「好きです。付き合ってください」

必ず2回読んでもらうための単純な文章の明快な考察

あきらめよう。7回目の電話が鳴った時、男はそう覚悟を決めた。もう隠し通すことにも、嘘で嘘を固め、自分の意思が虚構のメビウスの輪に支配されることにも疲れていた。何より逃げきれないと。

＊

目まぐるしく過ぎ行く日常、否、目まぐるしすぎる非日常の中。後に男はあの日の朝のことを、完全にどうかしていたと振り返る。仕事疲れ、対人ストレス、眠気、季節の変わり目。人間が常軌を逸する可能性のある、ありとあらゆる要素が一気に押し寄せていたのか。気がつくと男はメロンパンを握りしめ、コンビニから逃げ出していたのだから。

＊

リリリリリ……ガチャ

「……はい。そうです、私がやりました」

8回目の電話に出た男は、電話口に向かって、そう静かに告げる。メロンパンを万引した程度。程度と言ってしまったら一生懸命パンを作り包装しているパートのおばちゃんに失礼だが、そう思う人もマイノリティではないはずだ。だが、まさかこんな大事になるとは。国中が騒いでいる。謝罪会見だかなんだかで、カメラの前にも立たなければいけない。男は、芝居が得意なほうではない。カメラの前に立つ直前、目薬で目を湿らせた。またひとつ、嘘をついてしまった。そんなことを考えている刹那、男に向かって投げかけられる質問とフラッシュの嵐。

「こんなことをして恥ずかしくないのですか！ 大統領!!」

男は声を震わせ答える。

「申し訳……ありません」

＊

かっこいいネタバラシ。もちろん、このお話はフィクションである。万引きした人間が大統領レベルだった、という小さな裏切りのショートショートなお話。で、終わってもよかったのだが、遊び心の足りてない世の中へ、せめてショートショートで表現できることとして、簡単な仕掛けだけ施している。これは、どこの国を舞台とし、男とは誰なのか。〝二つの答え〟を導き出してほしい。ヒントは『物語は、段落の〝出だし〟と〝結末〟の文字が大事』。勘のいいアナタならすぐに見つけ、つなげられるだろう。それが、答えの切符。

人生ゲーム

誰かが言った。

「人生とはゲームみたいなものだ」

確かに、とかく人生というやつは己やライバルというプレイヤーに対して、勝ったり負けたり、つまずいたり起き上がったり、避けたりぶつかったり、キッタリハッタリの繰り返し。なるほどゲームと言えなくもない。

その手のアクションゲームなら子どもの頃、手にマメができるほどやった。人生はゲーム、手垢のついた表現だとも思うが、言い得て妙でしかない。

だが総じて、そういう台詞を現実に言ってのける人は、〝ゲームをクリアした人〟あるいは〝ゲームをクリアできそうな人〟に限られる。いわゆる成功者だ。

明日のお天道様が見られそうもないくらい生活が苦しい人、昨日のお天道様も見られていない病弱な人、そもそもお天道様を見上げようとしない人、とにかくツイテイナイ人、というような、いわゆる不幸とされている人の口から、「人生はゲーム」なんて言葉を、およそ聞いた

記憶がない。

万が一、言っていたとしても、それはただの開き直りにすぎない。

〝勝算のないゲームはゲームにあらず〟

攻略法を見つけ、腕を磨き、レベルを上げ、いつかクリアというゴールが見えるからゲームなのだ。ゲームとは、人生とは、どんな手を使ってでも勝つためにある。

＊

そして今、目の前にライオンがいる。

喩《たと》えなどではない、正真正銘の百獣の王ライオンだ。

漫画で、金に目がくらんだ人間の目が$マークで描かれているのをしばしば見たことはあるが、このライオンの目は俺を見て、さしずめ目がお肉マーク（賊とかが食べている骨太の肉）になっているように見える。汗が止まらない。

一体、何分たった……？

一瞬が永遠にも感じる。

これがゲームならば、パンチを食らわすか、マシンガンを撃つか、一度様子を見るか、いくらでも楽しみ方はあるだろう。


だがこれは現実。コンティニューもなければ、レベル上げをしている時間もない。

いや、むしろこの場合のレベル上げの方法を教えてほしい。

ライオンに出会った時の攻略法なんざ聞いたこともない。


だが、ゲームとは、人生とは、どんな手を使ってでも勝つためにある。

相手の感情など考えるな。

非情になれ。

手段を選ぶな。


なので、俺のとった行動はただひとつ。

踵《きびす》を返し、「猛獣ゾーン」を後にすることだった。


隣にいる彼女がボソッとつぶやく。

「え、ライオンもう見ないの?」

俺はごまかす。

「あ、あいつらあんまり動かないしさ、つまんなくない? 次は『鳥ゾーン』行こうぜ。あ、知ってた? 動物園ってさ、全体の数だけで見ると、実は半分以上鳥なんだぜ? ピンク色やら黒いのやら、わんさかいるぜ？　な？　な？」

彼女にはおそらく、俺が極度のビビりなのがバレただろう。

そういえば、恋愛ゲームは昔から苦手だった。

遅刻の言い訳

どうしよう。どうしよう。絶対に遅れてはならない会議なのに。

言い訳だ。とにかく遅刻の言い訳を考えないと。誰もが納得する言い訳を。


んーーー。


目覚まし時計の電池が切れてたんです。いやいやいや。「買っておけよ」ってなる。大人の言い訳じゃない。

寝過ごしました。これは言い訳でもなんでもない。怒られるだけ。怒られないのが望ましい。

途中で、大きな荷物を持ったおばあちゃんの荷物を持ってあげてました。ちと弱い。申し訳ないが、遅刻しそうな時に持つ荷物はない。

電車が遅延でぴえんでした。ダメだ。殴られそう。

子どもが熱を出しまして。ダメダメ。子どもいない。嫁もいない。

朝起きたら、体が女になってまして。「貴様の名は?」って聞かれてから殴られそう。

ボルダリングして筋肉痛がひどくて体が動かなくて。うん。言い訳としてはありだが、絶対

怒られる。この場合の「ボルダリング」って言葉も、なんかムカつかれそう。

言い訳はありません、すみませんでした。これもしっかりムカつかれそう。カッコつけてると思われそう。実際カッコつけてるし。

どうしようどうしよう。そもそも「言い訳」と言ってるくらいだから、納得させるようなものは存在しないのかもしれない。そうか。そもそも会社に行けなくなったらいいのでは。例えばいっそのこと、事故にでも遭えば。

思い立って車道に飛び出す。宙を舞う体。激しく地面に叩きつけられる胴体と四肢。

痛い。痛い。痛い。

血が、思ってたより生温かいことに気づく。そして朦朧とした意識の中で、俺はつぶやく。

「これで…怒られ…ないで済む…」

*

「……なんだこれ。遅刻したくらいで死にたくねえわ」

我に返り、動かなくなった目覚まし時計に目をやる。

「めんどくさいけど仕方ない」

そう吐き捨て、俺は真夜中に一人、しぶしぶコンビニへ電池を買いにいくのであった。

言ってみたいセリフ

ドラマなんかでよく聞く、〝実際には言ったことはないが、一度は言ってみたいセリフ〟ってあるだろう？　例えば……

「この中に、お医者様はおられませんか？」

いいよね。言いたい。でも、そもそもCAになるのが大変そうだ。てか、なれたとしても、その状況は現実には、なかなか訪れなさそうだ。

あとは、そうだな……

「犯人は…この中にいます！」

これはもう王道中の王道。探偵ドラマの、古くから伝わる、色褪せない決め台詞。そして、実際に言うのは絶対無理なやつ。

まず、ヤバい事件に出くわす可能性が極めて低い。あと、これを言ってしまうと本末転倒だ

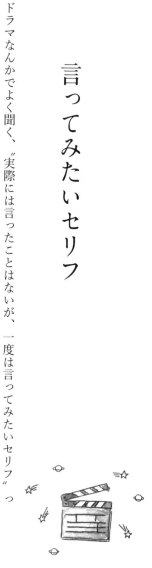

が、あんなこと言うＴＨＥ探偵、この世に存在するのか。よくわからん。

あとは、なんだ？

「あちらのお客様からです」

これはいけるかもしれない。バーのマスターなら、頑張ったらなれそうだ。いつかは言えるかも。ただ、１００％言える保証はない。

俺はさ、今すぐ言いたいんだよ。

今すぐ。ドラマみたいなセリフを、心から、今すぐ、言いたいんだ。

＊

なので、手っ取り早いのはこれだったな。ははは。簡単なことだった。

俺はビルの屋上で目いっぱい、ドラマみたいなセリフを叫んだ。

「俺はもう生きることに疲れたんだよ！！！　じゃあな！」

よし、後悔はない。最後にふさわしく、人だかりもできてる。

ドラマみたいなセリフも言えたし、満足だ。

父さん、母さん、先立つ不孝をお許しください。お、これも言えばよかった。

なんて考えながら片足を空中に出した刹那、突然、勢いよく首もとを引っ張られ、屋上に戻された。


なんだなんだ。

知らない男が何か言ってきた。


「バカヤロー！　死ぬ勇気があるのなら、なんでもできるだろうが！」


なんだこいつ。勝手なマネしやがって。

しかし気がつくと俺は、男の膝にくずれ落ち、泣いていた。

そうか。死にたくなんて、なかったんだな。

ありがとう。見知らぬ人。お礼を言わなきゃ。


「あの…ありがとう…ございます」

「いや、こちらこそ。言いたかったセリフ言えたんで」


……………………………………………………

……なるほどね。そういうことね。

ん？　今度はなんだ？

女が急に駆け寄ってきた。

「おケガしてませんか!?　誰か！　この中にお医者様はおられませんか!?」

おいおい、強引に言いにいったなこいつ。

ケガしてねーよ？

まあいいか。お騒がせさせたのは俺だし。

ふと人だかりに目をやると、ハンチング帽にロングコートを身にまとった怪しい男と、小綺麗な格好をした老紳士が、なんだか悔しそうな顔でこちらを見ていた。

電話をしてるふり

またた。もう。しつこいってば。

「ああ、もしもしごめんパパ。もうすぐ帰るよ。うんうん。そうだねうん。迎え？　あ、どうしようかな。来てもらおうかな。ええと、今はね……」

私はよくナンパされる。特に男受けを狙った格好はしてないつもり。でもそりゃあ、可愛《かわい》い服は着たいし、メイクも好きだし、見た目には気を使っているつもり。

夜一人で歩いていると、繁華街、駅前、最寄り駅から家までの徒歩15分の薄暗い道、所構わず、声はよくかけられる。見た目に隙があるのか、それともほんとに可愛いのか？

いやいや、彼氏だって一年以上いないし、ここ最近、まともに告白なんかもされてないし。

ああ。ナンパだりぃ。そんな出会いも、まあ一つの出会いなんだろうけどさ。なんていうか、怖い。怖い声のかけられ方多め。ベタに、ねーちゃん遊ぼうぜ系ばかり。

今もまさに最寄り駅の改札を出た瞬間、チャラついた男が声をかけてくる。

「あれ？ おねーさんかわいいね！ 何してんの？ 待ち合わせ？ おーい」

帰るんだよ。ついてくんな。ったく。

そんな時、決まって私は電話をする。というか、電話をする〝ふり〟をする。ヘッドホンつけて音楽聴いてるふりくらいじゃ、止まんない男いるからね。まあ音楽は本当に聴くけども。

電話は、ふり。

電話したふりして相手にガン無視決め込んでたら、たいていの男は舌打ちしながらも、すごすごと引っ込んでくれる。

「パパ？ あ、ごめんごめん。今日さ、なんか買ってくものあったっけ？」

彼氏のいない私が〝彼氏に電話をするふり〟はどうにも抵抗があってむず痒くなるもんで、いつもパパを使わせてもらっている。男は、パパとかには、あまり関わりたくない生き物でしょ？

しかし、今日のナンパはしつこい。まだ隣で歩いてるじゃん。電話してるじゃんこっち。空気読めよ。おいおい、どこまでついてくるつもりだよ？ 家着いちゃうよ。それはそれで怖いってば。もう！

イライラがピークに達したその時、しつこく声をかけてきた男が、信じられない一言を発した。

「それ、ほんとに電話してる?」

え。なんで? なんでバレたの? いやいや、バレたとかじゃなくて、普通そんな確認してくる? 何こいつマジ。

「ねえ、聞いてる? 電話してないべ?」

今まで、このパパテレフォンで数々のナンパを撃退してきた私は、この男の発言に動揺してしまい、つい反応してしまった。

「う、うるさいな! どっか行ってください!」

男はなぜか名探偵が名推理した後のように、ニヤリと口角を上げ、さらに名調子となる。

「やっぱりね。思った通りだったよ。ふふふ。俺そんなあやしいやつじゃないよ。とりあえず電話のふりやめな?」

なんだこのナンパ。ほんとしつこいし怖い。

「ほんとになんなんですか? 電話してますって」

「じゃあ電話代わってよ?」

「な、なんで知らない人に代わらなきゃなんないんですか」

「だって、ほんとに電話してるならさ〜」

そう言って男は私のスマホを取り上げ、「もしもーし」と軽快に話し始めやがった。

もう最悪。バレた。

「もしもーし。パパさんですかーー? ……はい? え。あ、はい。そうっすね。いやそれはごめんなさい。はい。すみません。そうなんですか。はいわかりました。いや大丈夫っす。はい」

え？ どういうこと。

何してんの。アンタ誰と話してるの。

電話したふりをしてる女の電話を奪って、電話したふりをさらに続けるというノリノリなやつ？ は？ 意味わかんないですけど。


「はい。わかりました。いや何もしてないです。はい」

男は、厳しい先生に叱られた生徒のごとく、とにかく陳謝している。

「はい。じゃ、電話代わりますので。はい。すみませんでした」

受け取った電話に対して私は答えた。

「も、もしもしパパ。うん、ごめんね。ありがとう。そんな感じ」

どんな感じだ。これは今、何をやってるんだ、私は。いや私たちは。

そして、電話するふりをしてきた史上初めて、〝電話を切るふり〟をした。

「じゃあね、バイバイ」

一応スマホのホーム画面を指でなでるふりまでした後、気まずそうに背中を丸め、来た道をすごすごと引き返していく男に、気がつくと私のほうから声をかけてしまっていた。

「ちょ、ちょっと」

「ん？ 何？ もう諦めたから大丈夫だってば」

「いや、そうじゃなくて」

「何？」

「誰と？　誰と話してたの？」

「いやいや、パパさんだろ？　すげえ怒られたわ。『娘に何かあったら、ただじゃおかんぞ』って。なんか普通に反省したわ。あと、警官？　なんだって？　パパさん。そういうの先言ってくれよ、もう～」

男はそう言うと、やや懲りた顔をして足早に去っていった。私は状況が呑み込めないまま、家まであと5分の道のりで立ち往生してしまった。


だって、電話してなかったんだから。

だって、電話したふりだったんだから。

だって、パパはこの世にいないんだから。


私が11歳の時、パパは殉職した。強盗犯を捕まえようと揉み合った揚げ句の、勇敢なる殉職。

……なんだけど。それはそうなんだけど。

警官だってことまでナンパの男は知ってた。てことは、本当にパパにつながってた……？

一応の落ち着きを取り戻し、家に着いた後、私はこのことをママに話す気にはなれなかった。

パパがいなくなってから、女手一つで私を育ててくれたママ。

変に心配させるだろうし、何より信じてはもらえないだろうから。

ただ、私は、嬉しかった。パパは今も私を見守ってくれてるのだと、実感できたから。

普通は怖いのかな？　こういうことが起こると。でも、私は嬉しい。

反抗期の前にこの世からいなくなっちゃったパパは、私にとって今でも優しくて頼りがいのある、最高のパパのままだったから。

ずっとパパは大好きなパパだったから。

＊

それからというもの、パパはよく現れるようになった。それはもう簡単に。ライトに。

パパの出現方法はこうだ。

①私がパパに電話をしてるふりをする
②私が私以外の誰かに電話を代わる

これだけだ。つまり、私以外は誰でもパパと話せるようになった。私には相変わらず聞こえないのだが。それでもつながれることが嬉しかった。

だから私は、何かパパに伝えたいことがあると電話をしてるふりをして、まだパパが死んだことを知らない友達なんかに電話を代わってもらって、少し話をしてもらう。

怪しまれても気まずいので、ほどほどに。パパは決まって「娘をよろしく」だとか、「娘と仲良くしてやってね」だとか言ってるとのこと。「優しいパパだね～」と、電話を代わってくれた友達は言ってくれる。

＊

パパと間接的につながってから五年の月日が流れた。

29歳になった私は、明日、結婚する。私は、今までできなかったことを試そうと思う。

ママに電話を代わってみよう。

大丈夫だよね？　パパ、出てくれるよね？

私はまずこれまでの経緯を、ママに事細かに説明した。最初はあきれて笑ってたママも、次第に真剣に聞いてくれて、覚悟を決め、その時はやってきた。

私はいつものようにパパに電話をする、ふりをする。

「もしもしパパ？　今大丈夫？　ちょっとさ、あのさ、久しぶりにさ、ママに代わるよ？　いい？　大丈夫？」

なんだか今までで一番緊張した電話のふりだったなと思いながら、スマホをママに手渡す。

スマホを受け取るママ。静かに、話しかける。

「もしもし……？　あなたですか？」

ママとパパの電話は、そこから2時間ほど続いた。そりゃそうだ。二人には、積もる話が積もりすぎていたのだから。

パパがいなくなって大変だったこと。

悲しかったこと。

言えずにいたこと。

色々話してた。

途中、充電大丈夫だったかな、なんて変な心配もしちゃったよ。

あーー、とにもかくにもよかった。ママと話せてよかった。

ママ嬉しそうだよ。

最高だよパパ。

ありがとうパパ。


ママの「じゃあそろそろ」と言う声が聞こえた。私は正直、そのまま切ってほしかった。

私だけ。

私だけいつも電話を切るふりをするのは、正直つらかったから。

「もしかしたら今回は」と、いつも思いながら、無言の相手に電話を切るふりをし続けたこの五年間。ママもう大丈夫。切ってくれていいよ、そのまま。

「じゃ、代わるわね、あなた。はい」

無情にも返される私のスマホ。

私はママに気を使わせまいと、できるだけ通常運転でスマホを受け取り、いつも通りこう言う。

「パパありがとね。じゃ、またなんかあったら電話……」

と、いつもの別れの言葉を言い終わらないうちに、かぶさる懐かしい声。

「結婚、おめでとう」

……嘘。

聞こえる。聞こえるよ。初めて。初めて聞こえるよパパ。

「今まで寂しい思いさせて、本当にごめんな」

聞こえるよ！　聞こえる！

パパ！　パパ！

「ママには言ったんだが、今日で本当に最後の電話になると思う。パパもそろそろ、行かなきゃならなくてな」

待って！　待ってパパ！　パパ！

「でもな、お前が幸せに過ごせるよう、パパはずっと見てるから。安心してくれよ。しかし、立派になったなあ。あんなに泣き虫だったのにな。本当に立派になった」

パパ。

「結婚おめでとう。あ、これはさっき言ったか。ははは。幸せになるんだぞ。愛してる。お前はパパの誇りだ。じゃあな」

私は、涙と嗚咽で終始何も話せなかったが、幸せだった。
ママも隣で泣いていたが、幸せそうだった。
パパの優しい言葉、温かい声が、全て胸に刺さっていくのを感じた。
私も大好きだよパパ。
元気でね。幸せになるよ私。
ありがとう。
最初で最後の、パパから電話を切った日だった。

My走馬灯

その日の出来事のトピックスは、照り付ける太陽がいつもより眩しかったということ。

寝坊して大事なサッカーの試合に遅刻しそうだということ。

道ですれ違ったお姉さんのオッパイが大きかったということ。

そして、目の前で子猫が車にひかれそうになっているということ。


俺は気がつくと走り出していた。サッカーで鍛えた高校生のダッシュはこういう時こそ役に立つはずだと無意識に意識する。

子猫に手が触れるか触れないかの刹那、周りがスローモーションに感じる。ゆっくりと、しかし確実に車は自分に向かって、ヘッドライトはこちらをロックオン。

映画や漫画の世界の半ば都市伝説かとも思っていた、事故などに遭った瞬間周りがスローモーションになる現象。あの現象は本当だったのかとなぜか冷静に考え、そして冷静に答えを導く。


〝そうか、俺は死ぬのか〟

高校生の思春期真っ盛り健康男子として、瞬時にこの答えに至った判断と覚悟には称賛を惜しみなく頂きたい。神様、もしも来世があるのなら、どうかこの勇気ある若者にオッパイの大きな彼女を授けたまえ。

短い人生だったが、長く生きてもそうそうなれるものでもないヒーローにはなれたんじゃないか。

「さあ、そろそろスローモーションも解ける頃か」と思ったその瞬間、脳内に映像が流れ込んでくる。

ああ、これは。死ぬ瞬間に見ると言われている、生きてきた中で印象の深い思い出の映像、走馬灯だ。これも本当にあったんだな。走馬灯が見えたということはやはり死ぬのか。覚悟はできていたつもりだが、やはり寂しい。願わくば、せめて楽しい走馬灯でありますように。

「あのオネーサン、オッパイでかっ」

……ん？

え、さっきのやつじゃない？

え？ さっきのやつ。5分前の。

さっきすれ違ったお姉さん見た時にボソッとつぶやいたやつ。

え？

終わり？ 俺の走馬灯終わり？ 嘘だろ？ もっと他にもあるだろ？

俺十七年間生きてきて、走馬灯さっきのオッパイフィニッシュ？

パイフィニ？ なんだよパイフィニって。

いやいやいや、もっとあっただろ他にも。おーい。走馬灯さーん。

ちょ待ってくれ。これはダメ、これじゃ死ねない。

こんなしょうもない走馬灯しか見れないやつはまだ死んじゃいけない、そうだろ？


「うおーーーーーりゃっっっっしゃ！！！」

俺は無我夢中で車をかわし、子猫を抱きしめ地面に転がった。


よし！ 助かった！ 子猫は無事！ 車も無事！ 俺も無事！ よしよしよしよし！

子猫をひと撫《な》でし、偉業の興奮も冷めやらぬまま、俺はサッカーの試合会場に走り出す！

ヒーローだ！

きっとこのシーンは俺の走馬灯リストに確実に加わったはずだ！

＊

試合会場に着くとウォーミングアップをとうに済ませたチームメイトたちが心配そうに駆け

寄ってくる。監督にも理由を説明。もちろん寝坊が理由ではなくなった。それくらいの嘘はいいはずだ。そして監督にこう言ってのける。

「ウォーミングアップはもうできてます」

一度言ってみたかったセリフだ。

試合が始まりコートに足を踏み入れる。身体は動く。いつもより走る走る走れる。ヒーローとなり死の淵をくぐり抜けた俺にはもう怖いものなど何もなかった、はずだった。

点数は1対1。ロスタイムに突入した直後、俺は驚愕する。

突如、周りがスローモーションになったのだ。

おいおい待ってくれよ。

またかよ。また死ぬってことか……？

だってスローモーションになるってそういうことだろ。

ゆっくりと運ばれるボール。

ゆっくりとこちらに送られてくるパス。

ゆっくりなディフェンスをゆっくりとかわし、ゆっくりとシュート。

入った。ゴーーール！

なんだこれ。いつまでスローなんだ。

長い長い。

スローだから敵の動きもよく見えて、逆に活躍できている。「ロスタイムがこんなに長く感じたのは初めてだ」。なんてよく聞くセリフではなく、文字通り長い。

しかし、今日は暑い。太陽の日差しだけはスローモーションに逆らった速さで照りつけているように感じた。倒れそうだ。

まさかそうか。熱中症か。俺は熱中症で死んでしまうのか。

と本日二度目の死を覚悟したその時、脳内に流れ込む映像。

きた！

走馬灯だ！

「あのオネーサン、オッパイでかっ」

……くそ！　くそくそくそ！

なんだ俺の人生！　俺の走馬灯！　ふざけんな！

もっとあるだろって！　ふざけん…なよ！

ふざ

ふざ…

けん……

な……

………

＊

次の日、俺は見知らぬベッドで目覚める。

病院？ 助かった……のか？？

先生が言うには、やはり熱中症で倒れて意識を失いはしたが一命を取り留めたそうだ。

何はともあれ生きててよかった。

キレイな看護師さんが、うつむき加減の俺を気づかい、覗き込むように話しかけてくる。

「大丈夫？ 大変だったね。次からはムリしちゃダメだよ～」

なんだか恥ずかしくて、看護師さんの目を見れず、俺はうつむいた視線のまま答える。

「は、はい……ありがとうございます」

しばらくはまだ、走馬灯は更新されそうもないな。

知らなくていいデータ

～とある男女の現在～
男⑴⑼「お互い年取ったなあ」
女⑸⑸「そうですねアナタ」
男⑴⑼「いや…その…ワシと、ワシと一緒になってくれてありがとうな」
女⑸⑸「なんですかおじいさん。改まってもう。うふふ。うふふ」
男⑴⑼「何を笑っとるんじゃ？」
女⑸⑸「いや、もう60年も前ですかね。中学生の時、おじいさんが私に告白してくれた時もそんな感じだったなあと。うふふ」
男⑴⑼「おいおい、いつの話じゃ。あんまりからかわんでくれよ、ばあさん」
女⑸⑸「うふふ」

～この男女の60年前～
男⑴⑼「…ごめん急に呼び出したりして」
女⑼⑼「ほんとどうしたの？ 急に放課後時間ある？ なんて。告白でもするの？ うふふ」

男（10）「いや…その…俺、俺、好きです！付き合ってください！」
女（00）「え……」

〜その1年後〜
男（11）「二人とも同じ高校だなこれで」
女（11）「ほんと。嬉しい。一緒に勉強がんばったもんね」
男（11）「ああ、ずっと一緒にいたいからさ」
女（11）「嬉しい。私も」
男（11）「大人になったら結婚しような」
女（11）「気が早いよ〜。でもありがとう。嬉しい」

〜その5年後〜
男（14）「はい、誓います」
女（22）「誓います。うふふ」
男（14）「幸せにするよ」
女（22）「ありがとう…嬉しい」

〜その5年後〜
男（16）「がんばれ！大丈夫！俺がついてる！」

女(33)「うう！　アナタ！……！　うう！生まれる…！」

～その10年後～

男(18)「してないよ浮気なんか！」

女(33)「嘘よ！　じゃあこの前、なんで会社って嘘ついてたのよ！」

男(18)「あ…あれは付き合いのキャバクラ行ってただけだよ！　そんなの説明するのも面倒だったから……！」

女(33)「そんなの信じられない！　もう！」

～再び現在～

男(19)「懐かしいなしかし。中学の時に出会って、そのまま結婚してずっと仲良く一緒にいる夫婦なんて、ワシらくらいかもなあ」

女(55)「ほんとそうですねえ」

男(19)「……」

女(55)「どうしたんですか？」

男(19)「いや…別になんでもない。幸せだよ」

女(55)「私もよ」

＊

※注意

性別の下部に記載の数字は以下のデータを表しています。

世には公表されていない、特殊な統計に基づく男女の恋愛感の違いにおける一般的な平均数値となっております。

基本的に〝知らないほうがよいデータ〟となっておりますので、このモニターの男女にも相手の数値は知らせておりません。知りたくない方は、ここで読むのをやめることを推奨します。

【表記データ概要】

性別（心を許し惚れた人数）（経験人数）

あなたは3億円欲しいですか？

みんなも自分に当てはめて考えてみて。

「お金欲しいですか？」

「え？ はい、欲しいですけど」

「3億円欲しいですか？」

「え？ はい！ 欲しいです！」

「では、あなたのその両目を3億円で売ってもらっていいですか？」

「え？ いやいや、それはムリ」

「では、あなたはすでに3億円以上の価値のあるものをお持ちなんです」

「……はあ、まあ確かに」


この会話はお金が欲しいのがもちろん私で、何かうまいこと言ってきた人が、いわゆる〝自己啓発〟に詳しい人だったんだけど。ネットとかで調べても似たような理屈？ っていうか啓発がたくさん出てきた。

まあつまりさ、この話の真意はさ。「日々当たり前にあるものに感謝しましょう。当然と思ってる事柄にも、実は素晴らしい価値があるのです」ってことだよね。

わかるわかる。わかるんだけど、なんだろ。リアリティーが、ちょっとなさすぎるんだよねえ。

3億っていうのもピンとこないし、目、っていうのもなんか怖い。もうちょっとさ、女子高生の私でもわかるさ、もっと日常的なシチュエーションで考えてみるね。

あ、お金もギリギリピンとくる100万円くらいにしてみよ。うーん…例えば……。


「100万円欲しいですか?」

「はい!欲しいです!」

「では、あなたの爪を一生、深爪にしていいですか?」

「え、ムリ。かわいいネイルとかしたい」

「ではあなたはすでに100万円以上の価値のあるものをお持ちなんです」

「いや、やっぱ待って。そもそもネイルにもお金かかるわけだから、一概にそうは言えないんじゃや。でもつけ爪って手もあるし……うーん」


うーん……。なんか違うな……。でも、実際ネイルはしたいから、ネイルできることに100万円以上の価値があるのかもね。

でも、ちょっと迷ってる時点でこれは違う。次。

「100万円欲しいですか?」

「はい! 欲しいです!」

「では、あなたは、傘を一生使えなくなっていいですか?」

「え、ムリかも。髪の毛濡れたら、くせ毛すごいもん。ボンバー。ムリムリ。絶対濡れたくない」

「では、あなたはすでに……」

「いや、でも待ってよ。雨の日なんて、そんな多いわけじゃないし……でも梅雨の時期しんどそうだしなあ。うーん」


うーん……100万円って、割と難しいなあ。いや、これは人によるかもだけどね? 濡れるのけっこうイヤなんだよ、私。せっかくのストレートアイロンも台無しになっちゃうよ。

でも、なんか迷う。絶妙。別に傘使えなくてもいいっちゃいい。もっといいラインのやつ……あ! これならどうだろ。次。


「100万円欲しいですか?」

「はい! 欲しいです!」

「では、あなたのおっぱいをなくして」

「もういいです」

違う違う違う。こんなんじゃない。おっぱいは大事。お金に換えられない。そんなにないけど。やかましわ。

てかさ、そもそもなんでこんなこと考えてるかっていうとさ。なんで自己啓発なんてものに若い乙女が興味をもったかっていうとさ。悩みがあるからなんだよねえ。

でも、なんか考えてるうちに答えは出てきたよ。さすが、啓発。

そもそも全てに価値はあって、息してることに価値があって、人を好きになることに価値があるんだよねえ。最初からわかってたことだったわ。

今日はさ、〝迷ってる行動の価値〟を確認したかったのだよ。うへへ。

つまりこういうことだ。次ラスト。

「100万円欲しいですか?」

「はい! 欲しいです!」

「では、あなたは一生、好きな人に思いを告げられなくなってもいいですか?」

「ムリムリムリ。待つだけの人生になるってこと? そんなの考えただけで怖いことだよ」

「では、あなたはすでに……」

「うん、わかってる。100万円どころか3億円でも私には代え難い価値があるよ」

じゃ、ちょっくら、行ってきますっ!

ベテラン刑事の最後のヤマ

事件発生から二週間がたとうとしていた。

何の進展も連絡もない。小田山《おだやま》誠二《せいじ》は、憤慨せずにはいられなかった。まさか定年を迎える直前に、このような事件が起こるとは。

小田山は、ふと自分の刑事生活四十年を振り返る。

これまで様々な事件と直面してきた。目を覆いたくなるような悲惨なヤマにも、目を背けず立ち向かってきた。

だが、現実とはやはり残酷で、ドラマのように全て鮮やかに解決、とはならない。もちろん解決できた事件もあるが、今もなお、事件に巻き込まれて亡くなった被害者が「無念を晴らしてくれ」と、夢枕に立っているような感覚に陥ることもしばしば。

しかし時は無情なもので、定年となった自分は、後世に引き継ぐしかない。

だがこのヤマだけは、自分の手で。小田山はつぶやく。

「これは、悲しい事件だ」

＊

小田山は刑事の基本に則《のっと》り、聞き込みから入ることにした。

長年の刑事の勘、なんてものが自分にあるかどうかはわからなかったが（そんな都合のいいものがあれば、未解決事件なんてないはずだから）、あたりをつけ、的を絞っていく。事件発生時間はわかっている。あとはアリバイだ。

基本、刑事は二人一組で行動することが原則として定められているが、小田山は単独行動することに決めた。規則を破る後ろめたさなどなかった。その理由として、容疑者全員が、小田山の友人・知人だったからだ。

こんな残酷なことがあろうか。

何が楽しくて、自分の友人たちのアリバイを聞いて回らなければならないのか。

だが、私怨にも近い感情を、この事件に覚えていた小田山。ベテラン刑事はこの時すでに、我を失っていたのかもしれない。


とは言ったものの、聞き込みには、もちろん細心の注意を払った。

相手方に、何かを疑われていると感じさせてはいけない。それが自分の友人たちならなおさらだ。

それくらいの冷静さは、小田山にまだ残っていた。

そして、一人目の友人、田町治《たまちおさむ》の元を訪ねた。田町と小田山は同い年で、50歳を越えたころに行きつけの居酒屋で出会い、意気投合した飲み仲間。時折、田町の家で飲ませてもらうこともしばしばある関係性だった。

「やあ、悪いな突然」

「おうおう、どうした急に。もうすぐ定年だったよな？　元気にやってたか？」

「おかげさまでな」


田町との世間話もほどほどに、小田山は努めて冷静に、本題を切り出す。

「たまっちゃんよ。いや、こんなこと聞くのもあれなんだが……」

「どうした？」

「先々週の日曜日の12時から13時あたり。どこで何してた？」

「おいおい、なんだいそりゃ。まるでアリバイ確認みたいじゃないか」

「いや、すまんすまん。まあなんだ、年配刑事の生活調査、程度に教えてくれよ」

「ふん。なんか色々あるんだな。構わないよ。大変だな刑事ってやつも。ええと……先々週……ああ、息子夫婦が来てな、孫の誕生日プレゼントを買いに行ってたよ」

「なるほど。じゃあ息子さんたちが、それを証明できるってことだな」

「ああ、もちろん。というか、なんだいこれ。ほんとにアリバイ確認じゃないか」

「いやいや。すまない。それなら、いいんだ。お孫さんには、何を買ってあげたんだい？」

「えー、なんだったかな。なんとかライダーのベルトみたいな。知ってるか？　最近のおもちゃは、いい値段するんだこれが」

「そうか。ははは。立派なおじいちゃんになったな」

「お前さんも、いい人いないのかい？」

「この年ではな。いやありがとう、今日は」


予想通りか。小田山は心の中でそうつぶやいた。小田町の言う通り、独身を貫いてしまった小田山の隣に、せめて大切な人でもいたのなら。こんな事件も起こらなかったのかもしれない。

が、時すでに遅し。


小田山はそれからも、次々に友人の元を訪ねた。


二人目、大学の同期の長谷川健司《はせがわけんじ》。

三人目、同じく同期の水戸部春子《みとべはるこ》。

四人目、元同僚の安西茂《あんざいしげる》。

五人目、飲み仲間の渡部新之助《わたべしんのすけ》。

六人目、ゴルフ仲間の坂瀬川信之《さかせがわのぶゆき》。

七人目、家が近所の斎藤卓《さいとうすぐる》。


この年にもなると、両手の指で数えられるくらいしか友人のいなかった小田山は、三日ほどでの七人全員の聞き込みを終えた。全員が全員、アリバイはあった。昼食に出かけていたり、パチンコに行ったり、ゴルフに行ったり。

唯一、斉藤卓だけは、家で一人で寝ていたという。

これを証明できる者はいない。だが小田山は、それすらも、もうどうでもよくなっていた。もう正気ではいられない。

＊

全ての聞き込みを終えた小田山は、帰り道の見慣れた河川敷の草むらに年がいもなく倒れ込み、空に向かって叫んだ。その姿には、ベテラン刑事の冷静さのかけらもなかった。

「ちくしょう！　なんでなんだ！　くそっ！」

全員に、ほぼアリバイがあった。

「こんなことが現実にあるのか⁉」

今回の一件は、小田山にとっては間違いなく事件だった。

「誰か一人でも！　せめて誰か一人でも目撃者がいれば……！」

今回の聞き込みは、〝目撃者探し〟も兼ねたアリバイ捜査だった。

「なんで、なんで……」

彼らを責めることも裁くこともできないのはわかっていた。しかし、小田山は、叫ばずにはいられなかった。

「なんで誰も、俺が出てたのど自慢大会見てないんだよぉぉぉ！！　バカ野郎！！！」

あえて、誰にも出演することを教えず、「小田山、のど自慢出てたな、すごいな！」と皆から連絡が来ると思っていたのに。

「もっとテレビ見ろよぉぉぉ！」

人知れず起こった、悲しい事件だった。

爆弾処理はお得意ですか？

目の前には爆弾。赤と青の導線。どっちを選べばいい。
どちらかを切れば爆発、どちらかを切れば助かる。
こんな状況に陥るなんて、誰が予想できたのか？だが選ぶしかない。
こんな時こそ冷静に。努めて冷静に。

とはいえ、俺には知識がない。正直どっちを切っても爆発する気がするし、どっちを切っても助かるんじゃないかとも思う。

時間はない。制限時間は……？もって30秒ってとこか。

ヤバい。
ヤバいヤバい。
ヤバいヤバいヤバい。
ヤバいヤバいヤバいヤバいヤバい。

……決めた。赤だ！

俺はもともと情熱的な男。赤が好きだ！ あとは全て運否天賦次第。

ああ神よ。もしここで我が命尽きるのなら、生まれ変わったら、このような選択のない人生を我に。

＊

「赤がいんじゃない？」

「理由は？」

「いや、ほら赤が好きだからさ、俺」

「何それ。どっちが私に似合うかどうかを聞いてるんだよ。もう！」

「あ！ ごめん……！ じゃあ青……かな……？」

「じゃあって何？ 私に赤は似合わないっていうの!? なんで『両方似合うよ』って言ってくれないの？」

「え？ あ、どっちも似合……」

「もういい！ 自分で選ぶ！」

……参った。どっちも切るべきだったのか。爆弾女と付き合うのは難しいぜっ！

人間レビュー

「なんだこのアプリ……？」

俺の名前は漆崎《うるしざき》真《しん》吾郎《ごろう》。26歳。ＡＢ型。フリーター。つーかニート。

別に働きたくないってわけじゃないけど、まあまだいいかな的な。かじれる親のスネがあるなら、かじってたほうがいいじゃん。

まあ昔はさ、ちょっと夢に向かって？　なんて青臭い時期もあったけどさ。がんばっても報われるわけじゃないのは、この年で十分理解できた。

夢の意味が、寝る時に見る夢のみになった俺は、もう死んだように生きてる。

てか、いつ死んでもいいかな。うん。それでいいじゃん。

なので、とりあえず暇。だからまあ、いつものように適当にスマホいじってたら、変なアプリ見つけたわけ。

「人間.ｃｏｍ……？」

簡単に言うと、文字通り〝人間レビュー〟、いわゆる人間を評価しまくったヘンテコなアプリだった。

「何々？　検索欄で人物を検索してください、か」

例えば……。


【エジソン】
★★★★★★★★☆☆　星10の中の8
この人のおかげですげー助かってます！　彼の発明がなかったら、世界の文明はまさに光がさしてなかった。

ただ、子どもの頃、質問責めで周りをふりまわしたのと、かなりの変わり者だったので星2つだけ減点。


「なんだこれ。はは。くだらねえ。ネタかよ。他には…」

【織田信長】
★★★★★★★☆☆☆　星10の中の7
言わずと知れた天下人！　うつけものからの快進撃には、目を見張るドラマがあった。最後の死に様の潔さはわかりみが深い～。

ただ、どうしても無益な殺生もあったので、このくらいで。

「ノリ軽いな〜。はは」

【イチロー】
★★★★★★★★★☆　星10の中の9
この人の言葉や背中は、野球人にはもちろん、野球を知らない人たちにも多大なる影響を与えた。誰もが憧れ尊敬し、努力は裏切らないことをみんなに再確認させただろう。

「……そういえば一時期、イチローのマネして朝カレー食べてたなあ」
イチローはエジソン超えってか。はは。変なアプリ。このレビュアー、俺より暇だな。てか、これどこまでレビューされてんだろ。
俺は、ふと自分の名前を打ち込んでみた。なにやってんだ、という自覚はもちろんあった。何も出てこなくて、スマホをベッドに放り投げる準備はできていた。

【漆崎真吾郎】
★★☆☆☆☆☆☆☆☆　星10の中の2
特筆することはない。
人生がうまくいかないことを他人や環境のせいにして、大した努力もせず、努力は報われないと諦める。典型的なダメ人間の引きこもり。親孝行したい時には親はなし、なんて言葉も一生知ることなく過ごすのだろう。

野球選手になりたいという純粋な夢を持ち合わせていた中学時代は、まだよかった。だが上には上がいることを知った途端、努力をやめ、努力をした人間を「才能があってよかったね」とねたみ、自堕落に過ごす。

成人を迎えても、その10代の多感な頃に染みついた負けグセ思考には拍車がかかり、現在に至る。しかし……


「…んだよこれ。嘘…だろ……」


驚いた。うまく言葉にならない。息が苦しい。

もちろん、この謎のアプリに自分の名前があったことに驚いた。だが、もっと驚いたのは、的を射すぎていること。俺は、客観的に自分を見られるほうだと思っている。だから、ここに書いてあることはすぐに真実だと理解した。

と同時に、客観的に自分を見ることができたせいで、夢を、努力を、諦めたことに気づく。自分では無理だと諦めてきた数々のチャンス。


なんだか悲しい。いや、悲しいというのは少し違うか。全部自分のせいだったんだから。

でもさ、そんなの言われたって、無理なものは無理だろ。今から、今さら、何ができるんだよ。ほら、これが負けグセってやつですかね。

そんな負のスパイラルに突入したあたりで、無意識に指がスマホの画面をスライドさせる。

…成人を迎えても、その十代の多感な頃に染みついた負けグセ思考には拍車がかかり、現在に至る。しかしながら、彼は自分を客観視することに長けている。そこの器量を踏まえて、星は1から2にさせてもらった。もったいない。月並みだが、人間の目は後ろにはついていないのに、前を見られるようになっているのに、彼は後ろばかり向こうとする。良き友に恵まれなかったのか。だがそれも己の責任。ただ、彼の秘めているポテンシャルはなかなか大きいことに本人が気づけば、このようなレビューにはならなかったことを約束しよう。

「…え、これはどういう…」

＊

あれから三年の月日が流れた。

「おはよう母さん、ほら朝ごはんできてるよ」

「あらあら、こないだまで引きこもってたかと思ったら、ほんと変わったねえ」

「まあ若気の至りってやつかね」

「まあ嬉しいけどさ。てかまたカレー？　しんちゃんカレー好きね。中学の時、朝からよく食べてたものねえ」

「朝のカレーはパワーの源だからさ。今日また試合なんだよ」

「そうなのね。がんばってらっしゃい」

とにもかくにも俺は元気にやっている。

親には猫背が直ったねなんて言われる。猫背の自覚はなかったので、少しへこんだ。親孝行なんてまだろくにできていないが、ニートをやめたことがかなりの親孝行になったそうだ。ハードルが低くて申し訳ない。

今は整体師の勉強をして、それが身になってきた頃だ。いつかプロ野球選手の体を客観視してあげて、ほぐすのが、今の俺の夢だ。

無意識の猫背が治った頃、昔の野球部仲間に連絡してみた。みんな就職はしていたが、何人かは働きながら草野球チームを作っていた。俺も参加させてもらい、試合前は必ずカレーを食べて外に飛び出す。今でもそれなりにバットは振れる。

そうか、まあまあ努力してたんだな、あの頃の俺。

ふと壁にぶち当たった時、今でもたまにあのヘンテコなアプリのことを思い出す。

なぜかあの後、アプリ自体がなくなって見られなくなったのだが。

あのレビューのおかげで――――なんてキレイゴトは言いたくないが、なんだか色々なことが、いい意味で面倒になったんだ。楽に生きるのが、面倒になったんだ。

楽に生きようとすると、なんだか心が疲れる。

どうでもいいとか、死にたいとか、本当にそんな感情になる人に比べたら、自分は追い込まれていないことは客観視できてたし。そんな感じ。

元気に生きてたら、人生まあまあ楽しいわ。

【漆崎真五郎】

★★★★★★★★★☆　星10の中の9

追記。ここ数年で、彼は見違えるように目の色や意識が変わりました！　なので★増やしときます！

何があったんだろう。

でもでも、本来の彼に戻ったってことなんだろうなあ。本来は、みんなそうなんだよな。

生まれたての赤ちゃんの時は、みんながんばり屋さん。みんな、がんばって泣いてたもの。

客観視なんて一つもせずに。

偶然∧必然

とある飲み会での男女の会話。当たり障りのない自己紹介。

拓也《たくや》「じゃ、自己紹介しますかー。ええと俺は拓也っていいます」
健太《けんた》「で俺が健太で、あ、年は三人とも25歳で同期。で、こっちが」
翔太《しょうた》「どうも〜翔太でーす。あーー、酔っぱらってきた〜」
拓也「いや、早いな！まだなんも飲んでねーだろ」
美咲《みさき》「あははは、おもしろーい。あ、私は美咲っていいます」
愛《あい》「あ、愛、といいます……」
遥《はるか》「ちょっと愛！緊張してるじゃん、あはは！私は遥！よろしく〜。私らも25歳、同い年だ〜」
健太「あ、みんなそうなんだ。いいねえ」
美咲「愛はねえ、今日気合入ってるもんねえ」
愛「ちょ、ちょっとやめてよ」
翔太「え、なになに、愛ちゃんそうなの？」

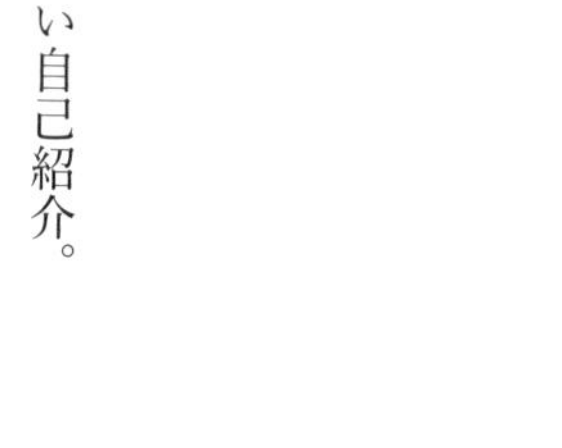

愛　「いや、別にそんな……」
遥　「愛ね、こないだ別れたばっかりなんですよ～だから狙い目！　あはは」
愛　「もう！」
健太「まあまあまあ、そういう話は後でしっかりするとしてー、まずは乾杯しよう！」

一同「かんぱーーーーい！」

翔太「で、愛ちゃん、いつ別れたの？」
拓也「早いな。早速かよ、ははは」
美咲「でもでも、愛は拓也君とは付き合えないかも～」
拓也「え、なんで!?」
愛　「ちょっと！」
美咲「いいじゃん別にさー。遅かれ早かれよ」
拓也「なになに!?」
美咲「元カレがね、拓也っていうのよ」
拓也「あーーー、そういうことね。いや、でもそんなこともあるじゃんね」
美咲「まあね。だって私が高校の時の彼氏も、実は健太って人だったよ」
健太「え、マジ？　俺、実は大学の時の彼女、遥だったよ」
遥　「え？　ほんとに？　いや私もさ、この流れで言うと嘘っぽいけど、元カレ翔太だったし」

翔太「嘘でしょ！ 俺はさ、美咲って子に、中学の時フラレたことあるよ！ 何この集まり！ ははは」

店員「失礼しまーす。ご注文は？」
拓也「あ、店員さん、えっとね……」
美咲「おねーさんはさー、下の名前なんて言うの？」
店員「え？ あ、えーと、茜《あかね》っていいますが……」
一同「あーーーー。かぶらなかったかー」
美咲「珍しい名前だよね」
拓也「いや、そうなのかな」
店員「…？」

※1995年度 男女別名前ランキング

男 1位 拓也
2位 健太
3位 翔太

女 1位 美咲
2位 愛
3位 遥
〜
〜
〜
10位 茜

渡瀬雄一郎の憂鬱

渡瀬《わたせ》雄一郎《ゆういちろう》は今日も行きつけの大型スーパーで、長年の独身生活も手伝って、持ち慣れてしまった買い物かごを片手に店内を物色をしていた。43歳。独り暮らし。

真面目を絵に描いたような男、親譲りの昔気質な、とにかく仕事一筋で生きてきた渡瀬は出会いにも恵まれず、もちろん結婚経験もない。この年で未婚というのは、バツイチよりも世間的には気恥ずかしいものだった。

そんな、女性経験の乏しい渡瀬だったが、男としての性《さが》がようやく出始めたのか、最近は無意識に異性を目で追うようになってしまっていた。

とはいっても別に変態的なそれではなく、男なら誰もが日常的に習慣としているといっても過言ではない、好みの異性を見かけたら一瞬目を奪われてしまうというそれだ。

これはいつの時代も女性には理解されがたいが、たとえ自分の隣に最愛の相手がいようとも、目の前に好みの異性がいれば遺伝子レベルで目を奪われてしまう生き物、それが男というものなのだ。

まあ渡瀬の隣に最愛の人などいないのだが。

前述した通り、真面目で仕事一筋だった渡瀬からすれば、やっとこの年でそうした男としての動物的本能が芽生えたことを嬉しく思うと同時に、今さらそんな感情になったところで何がどうなる……と己を卑下する日々。


そんな気持ちを切り捨て、引き続きスーパーで物色をしていると、ふと視線を感じる。

自然とその方向に目を向ける渡瀬。

数メートル先の女が渡瀬を見ていた気がした。年の頃は30前後の綺麗なお姉さんといったところか。


女はすぐ目をそらした。

次は渡瀬から目をやる。

また、女が渡瀬を見ていた、そして、すぐそらす。

心なしか照れくさそうな面持ちの女。


渡瀬は思った。なんだ？　なんだなんだ？　これは、もしかするともしかするやつか。自分のことがタイプなんだろうか。勘違いしてしまって、いいものだろうか。

最近、自分から異性を見ることはあっても、プライベートで相手から見られていると感じたのは初めてだ。

出会いなんてどこに転がっているかわからないものだとは聞いたことがある。

40超えの男の胸が高鳴る。

身なりだけでも常に小綺麗にしていてよかった――と、渡瀬が心の中でガッツポーズをとった刹那。


「あ」


渡瀬は見た。女が、お惣菜をバッグに入れる瞬間を。

渡瀬やほかの客をチラチラと一瞥《いちべつ》しながら、次々と商品をバッグに収めていく女。

「おいおいおい……マジか」

ため息混じりに渡瀬はそうつぶやくと、女がなぜこちらをチラチラ見ていたのかも瞬時に理解した。


「チッ」

舌打ちをしながら、レジを通り越して出口を出た女に声をかける渡瀬。

「ちょっと」

女は、振り返って眉一つ動かさず答える。

「……はい？」

大したタマだなと思った。が、関係ない。

「全部見てましたよ」

「なんの、ことですか？」

「バッグの中身、レジ通してないですよね」

「……。見られてたんですか……」

「はい」

「あなたが見てたの、全然気づかなかったです」

「プロですから」


万引きGメンを生業としている渡瀬は、この日、別のターゲットを監視していた。スーパー側から、70歳前後の老婆が最近怪しいので、動きがあれば捕まえてもらいたいと依頼を受けていたのだ。渡瀬くらいのベテランになると、万引相手と目を合わせなくとも、目がどこを向いているのかがわかる。若い万引女も、渡瀬のほうをチラチラ見ていたが、渡瀬は女と一度も目を合わせなかった。


まさか万引するとは思ってなかったので、純粋に自分を見てくれているのだろうと高ぶっていたのに。

「ではこちらに」

努めて紳士的に、万引女を事務所まで連行していく。渡瀬には、まだまだ出会いはなさそうだ。

スーパーの出口で、ほくほく顔の老婆とすれ違ったが、渡瀬は声をかけられなかった。

最高の贅沢

とある文筆家の男がいた。

主にコラムやネットニュースなどを書いたりして、生計を立てる日々。書くことが好きで好きでたまらなかった男は、文筆家が自分の天職だと信じて疑わなかった。

なるほど、好きこそ物の上手なれだ。好きなことを生業《なりわい》として、成功できるのならば、それに越したことはない。

しかしながら男は、文筆家としてそれほど富や名声を得ているわけではなかった。文章能力も平々凡々。お世辞にも、誰もが彼に執筆を頼む、などということはなく、その日暮らしに近い文筆家。

だが男には、確かに才能はあった。それは物書きとしてではなく、〝想像すること〟の才能だった。

男は仕事で書く文章が一段落つくと、また、趣味として文章を書いていた。その時間が男に

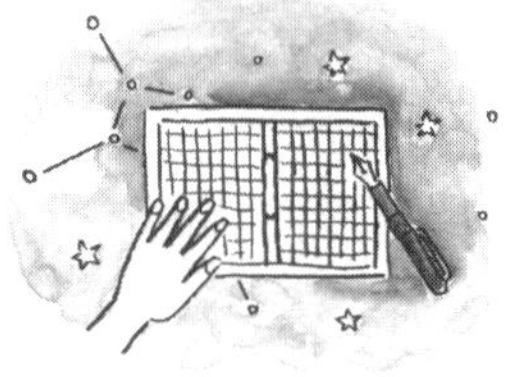

とっての至福の時間であり、この上ない贅沢となっていた。

前述した通り男は、〝想像するという才能〟が常人のそれをはるかにしのぐ。早い話この男は、〝自分が趣味で書いた文章の状況を、さも現実世界で体験しているかのように、頭の中で想像できる〟のだ。


例えば、ある日の男は、趣味の文章をこう綴った。


『俺は海外旅行に行ったことがない。だから今から行こう。

行き先はハワイにしよう。海外旅行といえば、まずはハワイだ。思い立ったがハワイ。

照りつける太陽。踊り子と笑顔があふれるビーチ。ああ、潮風が最高に気持ちいい』

拙《つたな》い文章でこう綴った男は、そこから目を閉じ、その状況を想像する。

すると、男の身に、驚くべきことが起こった。体から心地よい汗が流れ始め、耳にはフラダンスの音色が聞こえ、気分は一気に高揚する。


ひとしきりハワイを楽しみ、想像を終えた男は、うっすら日焼けさえしていた。

男はこの時、間違いなくハワイに行ったのだ。想像のみで。


もはやこれは才能を通り越して、特殊能力と呼んでもいいだろう。

男は自分のペンと常軌を逸した想像力に酔いしれた。

まさに酔うといえば、ある日の男はこう綴った。

『今日は飲みたい気分。本業の執筆でボツが続いている。飲もう。
まずはビール、次にハイボール、バーボンなんかも飲んでみるか。
そうだな。一人で飲むのも寂しい。バーで一緒に飲んでくれる女性が欲しい。
偶然隣に座った、失恋したての可愛い女性と飲もう。
お互い弱音をぶつけ合って、その日、俺たちはひとつになるのだ。一夜限りの刺激的な夜だ』

そうして、目を閉じると、男は紛れもなく酒に酔い、いないはずの女性を抱きしめ、一夜を共にし、朝は裸で目覚めていた。

男はこの日もまた想像のみで、間違いなく一夜のアバンチュールを惜しみなく楽しんだのだ。余韻でまだ興奮が冷めないといった面持ちだ。二日酔いで頭もガンガンしている。

一見、欲望に満ちた話が続いているが、他人に迷惑をかけているわけではないし、あくまでこの男の想像力の強さがなせる業《わざ》だ。誰にも咎める権利も、必要も無いだろう。この至福の時間は、毎日のように続いていた。

さあ今日は何を書こう。

本業の執筆がうまくいかず金もなく、とにかく腹が減っていた男は、シンプルな欲望を書いた。

『カニが食べたい！　カニだけで死ぬほど腹一杯になろう！』

それが男の最後の執筆となった。

タイミング

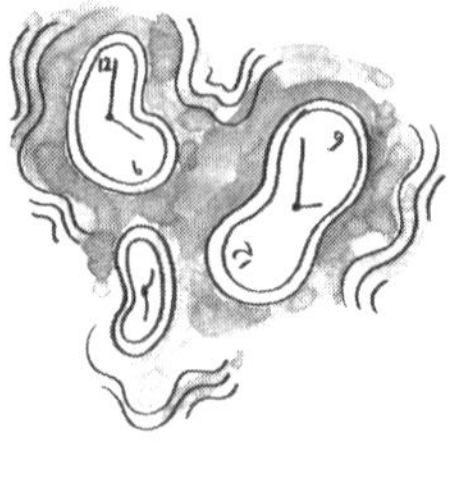

「おお……！　すごい！　すごいすごい！」

男は大して珍しくもない繁華街のど真ん中で辺りを見回しては、写真を撮り、また見回す。傍から見れば、まるで海外から来た観光客のそれだ。まあ、同じ日本人でも、地方から都心に旅行に来たおのぼりさんならそういった行動に出ることはままあるが、男のそれは常軌を逸していた。というのも、とにかく興奮していた。鼻息の荒いのなんの。

「こりゃすげえ！　へ〜！　これもいいね！　渋いよ！　くーーーー！」

まるで、生まれて初めてその世界を見たかのようなテンション。それもそのはず。

男は未来からやってきた、いわゆるタイムトラベラーだった。タイムマシンが作られたはるか未来から来た男は、初めて目にする、過去の知らない街並みに酔いしれていた。

「これがカブキチョウってやつか！　噂に聞いてた通りの派手さと、ほどよい汚さ‼　いいねえ！」

確かに時代が違えば、どんな場所も最上の観光スポットと化すだろう。江戸時代、石器時代、恐竜時代、どこも想像しただけで魅力が満ちあふれている。

そして、未来では一般化したこのタイムトラベルには、いくつかのルールがあった。想像にたやすい通り、未来ではほとんどの人間がタイムトラベルを希望し、タイムマシン搭乗は数年後まで予約がいっぱい。そんな状況を少しでも緩和するために国が設けたルール。

①滞在する時代の歴史を変えるような、過度な関わりをもってはいけない
②何も持ち帰ってはいけない
③滞在時間は12時間
④過去にしか行くことはできない
⑤一生で一度しかタイムリープはできない

なるほど先の四つのルールはさもありなんだが、五つ目の〝一生で一度しか〟というのが、このトラベルの良くも悪くも最大の肝だった。

トラベラーにとって、このルールが一番頭を悩ませるポイントとなった。一生で一度しか行けないのなら、どこに？ 少し考えたくらいでは、答えは出そうもない。

マーライオンも、万里の長城も、オーロラも、時間旅行にはかなわないのだ。

男も例に漏れず、悩んで悩んで悩んで、この時代を選んだ。

仲間内には「もっと過去のほうがおもしろくない？」「なんでその時代に？」などと、しばしば揶揄された。

だが男は、どうしても、この時代に魅力を感じていたのだ。これぱっかりは個人の価値観なのだから仕方がない。

男のテンションもやや落ち着いてきた頃、妙な違和感を覚える。

「…なんでこんなに人が少ないんだ？」

自分が調べていたカブキチョウとは違う。24時間バカみたいににぎわい、ゴミはそこら中に捨てられ、キャッチノオニーサンという生き物が、うようよいると聞いていた。

「…うーん、今日がたまたまなのかな……」

２０２０年の５月を選んだ男の、タイミングの悪さだった。

だが、何も知らないはるか未来から来た男は、なんとかこの時代を楽しみたいあまり、歩いていた若い男に声をかけてしまう。

「あの〜、すみません。今日って何か、みんな休みなんですか……？　お店とかもほとんど開いてないようですし……？」

声をかけられた若い男は、こいつは何を言ってるんだと一瞬目を丸くするも、明らかに妙ないでたちの質問者とあまり関わってはいけないと察し、早口で答える。

「いや当たり前でしょ。コロナなんだから」

若い男はそう告げると、足早に去っていった。


残された未来から来た男は、不思議そうにつぶやく。

「…コロナってあの？　なんでコロナくらいで…？　う〜ん……」

疑問を解決できる賢《さか》しさを、男は持ち合わせていなかった。

にぎわっていないのは仕方ないと諦め、せめて楽しもうと残された時間を様々な場所で費やし、やや不完全燃焼気味ではあったが、男は満足げに未来に帰っていった。


そして、タイムトラベルのルールの二つ目を男は破ったが、幸い、はるか未来ではさほど問題にはならなかった。

めんどくさい規則

男は急いでいた。おかげでスーツの内側は汗でびっしょりと水分を含んでいる。黒のスーツに、黄色のネクタイ。ネクタイは少々派手だが、スーツ嫌いの男のささやかな反抗の表れの色だった。

男は思う。
なぜスーツなんか着なければいけないんだ。
男は嘆く。
昔はこんなの着なくてもよかったじゃないか。
男は焦る。
しかしマズいな、間に合うかな。
男は確かめる。
もうすぐ日が昇る時間だ。それまでには間に合わせなければ。
男はぼやく。
にしても、毎年毎年キッチリしなくてもいいんじゃないか。

男は叫ぶ。

「こんなの着るくらいなら、パンツ一丁のほうがマシだ……！」

なんとか現場に到着し、すぐさま男は部下に促される。

「遅かったじゃないですか！」

「悪い悪い、ちょっと寝坊して」

「勘弁してくださいよ。我々の世界も、決まりが厳しくなったんですから、時間は絶対守っていただかないと」

「わかってるよ。厳しくなったから、俺たちこんな格好させられてんだから。……しかしお前もスーツ似合わないな」

「当たり前でしょ。鬼にスーツなんて似合うわけないでしょ」

「ったく……バカ神は何考えてんだ」

「僕らは従うだけですよ。そんなことより地上時間の5時20分、梅雨入りです。目いっぱいの雨雲、よろしくお願いします。雷様」

「……わかったよ。目いっぱいの雨雲か。いい語呂だな。語呂、語呂っと」

Umbrella on a sunny day

「あ〜恥ずかしい。別に今日じゃなくてよかったやん」

大学に通うため、田舎から東京に出てきた俺は、田舎者だと思われたくない、という薄〜い〝カルピスプライド〟を我が子のように大切に抱きかかえて生きていた。ダサイと思われたくない。イケてる大学生と思われたい。そのプライドが故に、今、とても恥ずかしいことになっている。

季節は夏。見渡す限りの青空。街行く人は皆、肌を露出した浮かれた軽装。俺は、というと、大きなリュックを背負い、片手にビニール傘を持ち、山手線の電車に揺られていた。こんな晴れた日に。恥ずかしい。みんな見てる気がする。

「ねえねえあの人、傘持ってるけど、今日雨降らないよね？ウケる」
「ねえねえあの人、傘がファッションの一部の人なのかな。ウケる」
「ねえねえ見て見て、アンブレラマンいるよ。ウケる。バクワラ」

そんな幻聴が聞こえる気がしてならない。

去年の春から大学に通っているものの、仕送りだけでは心もとないので、居酒屋のバイトが軸の生活。今日はバイトが休みだったが、渋谷を一人で買い物した帰り、たまたまバイト先の近くを通ったため「そういえば充電器忘れてたな」と立ち寄ったのが運の尽き。「そうだ、置きっぱなしだった傘も持って帰っとくか」となってしまったのだ。

いや、これには理由があって。雨の日になると〝人の傘を容赦なく持って帰るマン〟が必ず現れるっしょ？　あれなんなんだろう。人様のものは盗んじゃいけないって、当たり前のことなのに。

いや、基本みんな守ってるだろうけど、なんというか、傘だけは治外法権というか。特にビニール傘とかたくさん並んでたら、すっと自然に持って帰るやつがいる。なのでとりあえず〝人の傘を容赦なく持って帰るマン〟の餌食になる前に、持って帰ったわけだ。こんな晴れた日に。

傘はこれしか持ってないし。

しかし恥ずかしい。うーん。なんとかこの傘、ごまかせないものか。

例えば英国紳士のように、ステッキとして傘を使うのはどうか。普段から〝傘込み〟で歩いているのですよ、みたいな。いや、恥ずかしい。発想が小学生だ。

例えば日傘として使うとか。いやダメだ。俺は男だし、そもそもこれビニール傘だし。こんな晴れの日にビニール傘なんか広げたら、いよいよアンブレラマンになる。てか、なんだアンブレラマンて。

そうだ。傘があって助かった、みたいなシチュエーションでも起これぱいいのでは。

例えばひったくり犯が逃げてきて、俺の横を走り抜ける時、すっと傘で足を引っかける。英雄だ。ひったくりはいないか。いないよな。いないほうがいい。ダメだ。

例えば木に登って降りられなくなった子猫を、傘を使って助けてあげる。これならどうだ。

ダメだ。こんな都会に、木も野良猫も見当たらない。

例えば、雪に埋もれた地蔵はいないか。俺が優しく地蔵に傘を。

ダメだ。夏だ。あと俺は、地蔵に傘はあげない。あと地蔵いない。


こんな不毛なことを考えているうちに、電車は家の最寄り駅にたどり着く。家までは徒歩15分。メンタル持つのか俺。耐えろ俺。改札を出た俺は、すぐさまコンビニに立ち寄った。だってほら、コンビニの傘立てに1回置けるから。1回手放せるから。もう限界だったから。1回晴れの日に傘を持ってない、恥ずかしくない俺を思い出させてくれ。1回休憩させてくれ。

しかしながら、特に買うものがないコンビニでのウインドウショッピングは、なかなかに退屈だった。無理やりなんか買うか。傘でも買うか。いや、なんでだよ。

そんなダサめの右往左往をしていると、見知った顔がコンビニに入ってきた。

おいおい。同じ大学の神原《かんばら》さんじゃあないか。ひそかに気になっていた同級生女子。ご近所だったのか？　どうする。大学では挨拶くらいしかしたことはないが、ここで話しかけるのは不自然ではないはずだ。これも何かの縁。お菓子売り場を眺めている神原さん。よし、コアラのマーチを久々に買いにきた母性あふれる男、を演じるとしよう。


「えーと……あったあった、あれ、神原さん」

「あ、えーと、峰山《みねやま》くんだっけ」

「そうそう。偶然」

「だね、家このへんなの？」

「そうなんだよ。まだここから15分くらい歩くけど。はは」

「そうなんだ。へー。知らなかった。コアラのマーチ？　好きなの？」

「そうそう。久々食べたくなって」

「あはは。おいしーよねー」

「でしょ。……じゃあまた大学で」

「うん。バイバーイ」


当たり障りない。THE当たり障りない会話、の例文に使われそうな会話。

しかも男というのはプライドの生き物だから、ここで「一緒に帰る？」とか言って断られるのも怖くてできないし、気があっても、こうして興味のないふりをする生き物。それがカッコいいと小学生の時から思っている、愚かな生き物。

じゃあまた、じゃねーよ。薄い〝カルピスプライド〟再び。

俺の手元には、食べる気のなかったコアラのマーチと、晴れの日のビニール傘が残ったわけだが。しかしどうしよう、流れで、先にコンビニを出てしまった。ビニール傘を手に取るのが恥ずかしい。神原さんが見てたらどうしよう。絶対なんか思われる。〝人の傘を容赦なく持って帰るマン〟に勘違いされるかもしれない。俺の傘なのに。しかも晴れなのに。やばい。詰んでるぞこれ――なんてことをあれこれ考えてしまったもんだから、買い物を済ませた神原さんもコンビニから出てきてしまう。まるで待ってたみたいで、余計恥ずかしい。

「あれ、峰山くん、まだいたの？　ふふふ」

「あ、ああ、天気もいいからね」

なに言ってんだ俺。天気がいいからって、なぜコンビニの入口で立ち止まる必要がある。

「そうだね、いい天気」

と言いかけた神原さんが、自分のトートバッグに目をやった。その瞬間、衝撃が走った。

折りたたみ傘…だよな？　うん。絶対そうだ。神原さんのバッグに、折りたたみ傘が見える。

なんで？　なんでこんな晴れの日に？　俺と同じ理由？

「神原さん、それ」

「ん？」

「折りたたみ傘？」

「あ、そうなんだよ。なんか私、昔からそうなんだよね。いつも鞄に入れてるの。不安性なのかな。こんな晴れた日に。あはは」

そう堂々と言ってのける神原さんを俺は偉大だと思うと同時に、これまで培ってきた傘への価値観や概念が音を立てて崩れ去っていくのを感じた。折りたたみ傘か。その手があったか。

「方向同じなら、一緒に帰る？」

気がつくと神原さんから、そんな夢みたいな言葉を投げ掛けられていた。

「てかさ、私もコアラのマーチ買っちゃったよ。ふふふ」

なんだこの子。天使か。そのまま自然に歩きだす俺たち。俺は心の中で、自分のビニール傘に別れを告げた。すまん。グッバイマイアンブレラ。心優しい〝傘そっと持って帰るマン〟に拾われてくれ。

その後、実は神原さんと家が全く逆方向だった俺は、なかなかそれが言い出せず、十分くらい歩いた後、「じゃあ俺こっちだから」と、見たこともない適当な曲がり角で別れを告げた。

その半年後、神原さんにそれがバレるのだが、それはまた先のお話。

とりあえず明日にでも、折りたたみ傘を買おう。晴れでも、折りたたみなら関係ないのだから。

＊

プレゼン社員「ええと、以上となります！　これをＣＭにしてですね、折りたたみ傘にあまり興味を持たない男性層の購買意欲をかき立てられればと！」
上司「うーーーーん……いや。ええと、これは君の実話か何かかね？」
プレゼン社員「はい！　事実を基にしてます！」
上司「ほう？　そうなのかね。どのへんまでが事実なんだ？」
プレゼン社員「はい！　ええと、傘をバイト先に取りに行った、までです！」
上司「ものすごい、かさ増しだね」

井戸端会議

四人の男女が立ち話をしている。話題は、自分の特技をお互いに教え合おう、ということだった。

皆、手前味噌になるのでと恐縮していたが、口火を切ったのは黒髪のロングヘアがとてもよく似合う若い女。

「私はね、うーん、歌が得意よ!」

「おお、それはいいね。絶対役に立つね。その髪をなびかせて歌ってくれたら、最高のサプライズだね」

皆が賛辞を送る。

次に、体形も整った長身の男が続ける。

「俺はね、とても足が速いんだ!」

「おお、カッコいいね。狙った獲物は逃がさないって感じがたまらないねえ。いいねえ。後で競走させてよ」

同様に皆が賛辞を送る。

次に、おかっぱ頭が可愛《かわい》らしい幼い少女が、勇気を出して答える。

「んーとね。私はね、あまり特技とかないの。でもね、耳がいいとはよく言われたかなあ」

「いや、それは強みだよ。探索能力に長けているともとれる。僕ら大人よりも実は今後、活躍できる可能性は高いかもよ。大丈夫だよ。素晴らしいよ」

自信なさげな幼子をかばうように、今日一番の賛辞を皆が送る。


そして、最後まで特技を言えずにいた、痩せ形の中年の男が申し訳なさそうに答える。

「…あの、私…本当に特技とかなくて。いやあるにはあるんだけど。言うの恥ずかしいですね…」

皆が「とりあえず言ってみてよ」と優しく促す。

痩せ形の男もまた、幼子同様、勇気を振り絞って答える。

「霊感がね…強かったです。生きてた頃はね」

さっきまであんなに盛り上がっていた場が、一気に静まり返る。どうやらこの男にかける言葉が皆、見当たらないようだ。たまらず男は自分で言葉を続けた。

「こうなりますよね…意味ないものね。今さら霊感がいくら強くても…。あ、この井戸から飛び出るとかなら、できそうですね。ははは…」

どうやって人間を驚かそうかと相談していた、お化けになりたてのお化けたちの〝井戸端会議〟であった。

いいから早くケータイ見せて

男と女が何やら揉めている。

女「ちょっと話があるんだけど」
男「何？ ちょっと仕事で疲れてるんだけど」
女「いいから座って」
男「何、どうしたの」
女「昨日帰りが遅くなったの仕事って言ってたけど、嘘よね」
男「え」
女「昨日だけじゃない。こないだもその前も。嘘ばっかり」
男「おいおい。待ってくれよ」
女「見たって人がいるの。大きな派手な建物に、アナタが知らない女と入っていくのを」
男「大きな派手な建物？」
女「大きな派手な建物」
男「ラブホテル？」

女「……わかんないけど、多分それ」
男「嘘だろ」
女「嘘なんかつかないわ。この前アナタのセーターに、長い髪の毛はついてたけどね」
男「嘘だろ……」
女「嘘なんかつかないってば。ゴミ箱に捨ててあったペットボトルに、口紅はついてたけどね」
男「……」
女「……」
男「ごめん」
女「ケータイ見せて」
男「いやそれは」
女「いいから早くケータイ見せて」
男「いやでも」
女「早く！ 見せてったら！」

大きい女「ゆみちゃん〜帰るわよ〜」
女「あ！ ママー！ はーい！ けんじくんまた明日ね！」
男「バイバイゆみちゃん！ また明日ー！」

＊

男と女が何やら揉めている

大きい女「ちょっと話があるんだけど」
大きい男「何？ ちょっと仕事で疲れてるんだけど」
大きい女「聞いて。今日ね、ゆみと、友達のけんじくんが公園でおままごとしてたんだけどね」
大きい男「へえ。まだ、ままごととかやるんだ。お医者さんごっことかか。はは」
大きい女「違うの。完全に私たちのこないだのケンカ再現してた」
大きい男「え」
大きい女「すごく恥ずかしかったわ」
大きい男「嘘だろ」
大きい女「嘘なんかつかないわ。この前アナタのセーターに、長い髪の毛はついてたけどね」
大きい男「いや……それはこの前のケンカの時の」
大きい女「ていう私のセリフも、完全に再現してたの」
大きい男「そんな……」
大きい女「ほんとの話よ。ガラスのコップを私が投げつけるところまでコピーしてたわ。そこですぐ止めたけど。ゆみ、なんか砂場の土を投げようとしてたから間違いない」
大きい男「そんなバカな話が…けんじくんは……？ けんじくんはなぜ、そのままごとについていけるんだ」

大きい女「憶測だけど、きっと似たような浮気のケンカ、あちらの親御さんたちの間でもあったんでしょうね」
大きい男「そうなのか……」
大きい女「まあ、子どもだから、会話の意味はよくわかってないでしょうけどね」
大きい男「そうか。ごめん、ほんとごめん」

女「ママーパパー」
大きい女「あら、どしたのゆみちゃん～」
大きい男「どしたゆみ～？　おなかすいたのか～」
女「ねえねえ。らぶほてるってなにーー？」

物忘れをする本当の理由

誰もが経験したことがあるであろう〝物忘れ〟。まあそもそも経験だなんて大げさな言い回しをする必要のない現象。ここで言う物忘れは、別に他意などなく、ただの物忘れ。よくあるやつ。

「あれ、今何しようとしてたんだっけ」ってなるやつ。

「あれ、今何しにここに来たんだっけ」ってなるやつ。

あれ。あれさ、なんでなるか知ってる？ 教えようか？

あれさ、俺のせいなのよ。ていうのも俺、超能力者なんだけど。


あ、待って待って。ここでつまずかないで。それはそうだから。


〝超能力なんてあるわけないじゃん〟

〝じゃあ見せてみろよ〟

〝嘘つけよ〟

〝このハゲ〟

はいはい、全部聞こえてくるわ。超能力者だから。それはもう、そうとしか言えないから。続けるよ？　で、とりあえず使える超能力は、二つなんだけど。

〝少ねーな〟
〝そんなのでよく超能力者とか言えたな〟
〝早く何使えるか言えや〟
〝このハゲ〟

オーケーオーケー。だいぶ気性の荒い〝心の電波〟の方々が多いようで。今から話すから落ち着け。な。あと、ハゲてねーから。な。

一つはこの読心術。まあ、心が読めるってやつ。これって一見役に立ちそうだけど存外不便というか。聞こえすぎんだよな。うるせーの。今もそうだけど。

だから、あんまり発動させないようにはしてる。そもそも誰が何を心の中で思ってるか

――とかに興味なくて。

〝いや嘘つけよ〟
〝このハゲ〟

ハゲ早いな。違うんだよ。人間なんてもんは本音を隠して相手に気遣える、美しい生き物なんだよ。俺はそれを知ってるから。イヤな上司への文句を心の中で噛《か》み殺して、口角を無理やり上げて笑ってる人間を俺は尊敬してる。そこにさ、「ほんとはこの人、心で文句言ってますよ旦那」、なんて野暮以外の何ものでもない。まあもちろん、状況にもよるだろうが。俺はあまり使わない。

よく使ってる能力は、もう一つのほう。時間止められんのよ。

〝…………〟

おお。何も聞こえなくなった。もう静かに聞いてくれてる。引き込めてる。

素直なやつらだよ。

まあ時間止められるっていっても、数分? 長くて3分くらい。それ以上はなんていうか、精神や肉体への負担がバカみたいにでかくて。前に3分超えた時、めまい起こしてさ。無理はしないようにしてる。そんなに長く止めたい時もないしな。

止めたい時といえば、乗ろうとした電車のドアが閉まりそうな時とか。こけそうになった時とか。あとは…街で好みの女子とすれ違った時に、堂々と顔見たい時。

〝きも〟

そうね。それはわかる。それはきもい。ここまでで気づいた人もいると思うけど、俺は超能力ってものを、そこまで使いこなせていない。

いや、使いこなしていないという言い方は、己の名誉のために避けよう。「悪用していない」という言い方に変えさせてくれ。おそらく悪用しようと思えば、もっといくらでもできる。心が読めて時間が止めれるなんて、恐らく無敵だ。でもさ、俺は普通に暮らしたいのよ。できるだけ普通に。

〝じゃ、電車のドア閉まるくらいで使うなよ〟

〝ハゲてないの？〟

うん。まあ、ちょっとくらいは使わせてくれよ。あと、ハゲてないから疑わなくていい。

それを考えてる時間は、まさに不毛だぜ。

で、最初の話題に戻ろう。

〝物忘れ〟、あれさ、どうやら俺が時間止めた時に起こってるようなんだわ。

なんというか、俺の超能力が、時間の概念にねじれをつくってしまってるようで。

つまり簡単に言うと、俺が時間を止めて解除した直後、世界のどこかの誰かがランダムに、「あれ、今何しようとしてたんだっけ」ってなるみたい。

物忘れした人がさ、時間が止まってたことに無意識に気づいた瞬間、とも言えるね。

全員てわけじゃなく。ランダム。まあ俺との距離がより近い人は、なりやすいみたい。

もっと言うと、何やろうとしてたかを〝なかなか思い出せない〟時あるじゃん？　あれって俺が2分くらい止めちゃってた時みたいでさ。止めてる時間が長いほど、物忘れ度が強いって寸法。皆に迷惑かけちゃうからさ、あんま止めないようにしてる。だから安心して。

って言ったそばから悪いんだけど。今時間止めてんのよ。さっきからずっと一人でしゃべってるだけなんだけど。

聞こえてた文句も幻聴なんだよな。だってハゲてねーもん。なんか一人で話しとかねーと、気が抜けてぶっ倒れそうでさ。

もう何時間止めてる…？　半日くらいはたったかもしれない。苦しい。汗が止まらないんだ。肉体は限界をとうに超えている。参ったよ。

だってさ、さっき街ですれ違った好みの女子がさ、廃墟のビルの屋上に上っていってさ、靴脱ぎやがったのよ。

いやいや。

止めるしかねーじゃん。

時間、止めるしかねーじゃん。

長いこと、長いこと、長いこと止めてやってさ。自分が何しようとしてたか、忘れさせてあげるしかねーじゃん。

物忘れさせてあげないと。死のうと思ってたことすら忘れさせないと。

なんでこんなとこにいるのかすら、本当に思い出させないようにしないと。

物忘れどころか、辛いことも忘れさせるくらい。それくらい俺が時間止めてやんねーと……！

でも……もうそろそろさ、限界だわ。

大丈夫だよ……な？　盛大に、物……忘れてくれよ？

＊

「え、わたし……え。なにここ。何しようとしてたんだっけ……。ここどこ？　わからない……。

思い出せない。こわ。帰ろう。……え？　誰か倒れてる？　大丈夫ですか？　大丈夫ですか!?」


それからこの世界では、物忘れする人がなぜか減ったそうだ。

そして、その理由をもしも知っている人がいるならば、物忘れをするたびに、勇敢な彼のことを、忘れないであげてほしい。

あちらのお客様からでした

今日も女は一人、五年ほど前から行きつけのバーで、酒を嗜《たしな》んでいた。一杯目はハイボール、二杯目はカシスソーダ。そこからは気分次第で――が、女のアルコールルーティーン。

女は出逢いを求め、バーに来ていた。仕事はダンスのインストラクターであり経営者。教える会員も、社員も女性ばかりだったため、出逢いは乏しく、かといって、無理やり開かれる飲み会というものには参加する気が起きなかった。

そこで、帰り道にたまたま見つけた、この落ち着いたバーに通っては、自然な出逢いを求めた。かといって、女もそっち方面は積極的なほうではない。自分の見た目に自信がないわけではないが、女から男に声をかける、というのはどうにも抵抗があり、待ちの一手だった。

気づけば女は35歳。色恋に脇目も振らず、仕事に打ち込み続けた20代。そろそろいい人がいないものかと、30歳の頃からこのバーに通っているが、一向に出逢いはなく、傍から見れば、ただ一人で酒を飲みたいだけの女になっていた。

この日も女は、二杯目のカシスソーダを飲み干し、小さなため息をこぼした後、半ば落胆気味にこう告げる。

「マスター、お会計」

もうすっかり顔見知りとなった、白髪混じりのマスターが、社交辞令的な愛想を振りまく。

「もうお帰りですか？　寂しいですね」

少し酒の回った女はぶっきらぼうに答える。

「そりゃ帰るよ。何もないんだもん。もう五年よ。ここ通って五年。私って魅力ないってことだよね、全然モテないしさーーーー」

その言葉を聞いたマスターが、神妙な面持ちで話しだす。

「…お客様、それは半分間違ってて、半分当たってます」

「え？　なに？　どういうこと？　なに？」

急な謎解きを与えられた女は、マスターに続きを促す。マスターも、ある種の覚悟を決めたと言わんばかりに話を続けた。

「…あちらのお客様から、でした」

そう言うとマスターは、手のひらで空席のカウンターを指しながら、一杯のカシスソーダを女に差し出す。

女は意味がわからず、もともと大きな瞳をさらに大きく見開くしかなかった。

マスターは続ける。

「これは五年前の二月第二週目の、あちらのお客様からでした」

「これは四年前の六月第三週の、あちらのお客様からでした」

「これは一昨年の年末の雪が降った夜の、あちらのお客様からでした」

「これは去年の夏のエアコンが壊れてた日の、あちらのお客様からでした」

「これは…これは……」

矢継ぎ早に出されていくカシスソーダ。チャームを置く場所をなくし、代わりに次々と置かれるカシスソーダ。女はもうパニックだ。

なんだなんだ。何が起こっている？

あちらのお客様からでした？　普通は、あちらのお客様からですでしょ？

マスターは何をしているのか。たまらず女は言う。

「ちょ、ちょっと！何してんのマスター！怖いってば」

「はあ、まだまだ続きますが」

「説明して！これは何⁉」

「……あなたがこのバーに通っていただくようになって五年。月に1回か2回ほどのペースでご来店していただき、今日で100回目を迎えました」

「そうなの……？　そ、それが何？」

「先ほどの答えですが……あなたはおっしゃいましたね。〝自分は魅力がない〟と。それは間違ってます。逆です。魅力しか、ないのです。それはもう。とびきり」

マスターのそれはお世辞などではなかった。それほど女は綺麗だった。誰もがうらやむ絶世の美女という表現がふさわしいほどに。狂おしいほどに。

自分の置かれた状況と、自分の前に置かれたカシスソーダに半ばパニックを起こし、目を見開いたが故に、より吸い込まれそうな可憐な瞳を向ける女に、マスターはこう続ける。

「そしてあなたのおっしゃった〝全然モテない〟。悲しいかな、これは当たっております。それは、あなたが綺麗すぎるからです。高嶺の花、すぎるのです。それはもう。とびきり」

そう。前述したが、女は綺麗だった。何度でも言おう。女は綺麗すぎた。

これまでにも、あらゆる男たちがマスターとこんなやり取りをしてきた。

「マスター、あそこのカウンターの人にカシスソーダを……いや、やっぱりやめとく。俺みたいなやつが落とせる人じゃない。高嶺の花だ」

「マスター、あの人何者? 芸能人…じゃないよね。ちょっと口説いてみようかな…このカシスソーダを……いや、へこみたくない。どうせ彼氏はいるだろ。やめとくよ」

「マスター、今日こそはあの人に、このカシスソーダを僕からって! お願い。…あー! やっぱやめて! ごめん! 水かけられる自分が想像できたよ。ははは」

マスターはこの不毛なやり取りを、過去五年間で約100回、様々な男と繰り返した。その都度、これを女に言うべきかは迷った。

しかし、その助け舟は、野暮ではないのか、女はそんな舟には乗らないのではないのか、この落ち着いた素敵な空間と、お酒を言われた通り提供するのが自分の本分であり美学だと信じてきた、頭の固い自分を後悔しているところだった。だから、マスターは今日、これまで行き場を失ったカシスソーダという名の恋心を、まとめて女に提供しようと決めていた。

黙って話を聞いていた女は、その綺麗な瞳を伏せ、泣いた。

「なによそれぇ。そんなの…そんなの勝手だよう。わたし、わたしが悪いのかな…? わたしが、そんなさ、男、寄せつけない空気出しちゃってたってこと…? そんなんじゃないよ私。普通の女だよ～うえええぇぇん…マスターのバカ～うえええぇぇん」

得てして高嶺の花とは、こちらが勝手に高く見積もりすぎているきらいはある。

もちろんそのまま高嶺の花をつかもうとして、崖下に振り落とされることもままあるだろう。

しかし、今回の場合は違ったのだ。互いにほんの少しの勇気があれば。それだけだったはずだ。

誰も悪くはない。

目の前のカシスソーダの墓地を片付けてもらい、女はブルームーンを頼んだ。マスターが悪いわけではないのはわかっていた。が、これを飲んだら、もうこのバーには来ないつもりだった。

と、その時だった。

カランコロンカラン――

息を切らして一人の男性客が入ってくる。女を見るなり、男性客はマスターに声をかける。

それを聞いたマスターは静かにうなずき、シェイカーを振った。

「あちらのお客様からです」

マスターの鮮やかな手つきで、女にアプリコットフィズが差し出された。男性客はすかさず女の隣に近づき、話し始めた。

「あの、急にすみません…いや急でもないんですけど…数年前から、一目見た時からあなたが忘れられなくて、実は何度もお酒を、その、勧めようとしてたんですが、できなくて…でもでも、次会ったら絶対行動しようって決めてました。また会えてよかった。今日だけ、今日だけ一緒に飲んでもらえませんか……?」

女は再び、目を大きく見開いている。男性客は続けた。

「こんなナンパみたいなの…あなたからしたら、もううんざりですよね。すみません……」

女は答えた。

「いいえ。こんなの初めてです。飲みましょう。私でよければ」


マスターは心の中でこうつぶやいた。

勇気に、乾杯。あちらのお客様からです、初めて言えた。わーい。

※カクテル言葉
カシスソーダ＝「あなたは魅力的」
ブルームーン＝「できない相談・かなわぬ恋」
アプリコットフィズ＝「振り向いてください」

つまりどういうこと？

『そこは真っ暗な闇だった。どこまでも深く吸い込まれそうな、底無しの闇。色相環全種類の絵の具を全てキャンバスに開け放ったなら、きっとこういう〝黒〟になってしまうだろう。黒より黒。そんな、逆らえない闇。抗えない闇。

なぜ俺はこんなところにいるんだという疑問が湧き上がると同時に、確かに感じた言い知れぬ違和感。身体中に嫌な汗が流れだす。激辛のカレーを口に放り込んだ学生時代を思い出しかけて、そんな悠長な場合じゃないと記憶にふたをする。

違和感の正体を考える時間はなかった。考える意味もなかった。その行為はあまりにむなしく、あまりに空虚で、あまりにあんまりだった。

違和感の主役である足元へと視線を動かす。心臓が飛び出そうな、という表現がもしこの世になかったとしたなら、生まれるなら今だ。物理的な高さからしても、俺が足元のそれを見下ろしているはずなのに、イニシアチブは間違いなくそれにあった』

どう？ 意味わかった？ 何が言いたいかわかんない？ 中二病感しか伝わらない？

そうか。じゃもう少し簡単に言うわ。

『街灯もない真っ暗な裏通りに、いつの間にか迷い込んだ男。少し不気味だなと感じながらも、その程度なら大人の男として十分対処できる些細なアクシデント。

だがその次の瞬間、対処しようのない、否、対処したくないアクシデントと遭遇することとなる。足元に感じたのは、弱く儚い感触とは反比例した、強く曲げない意志をもった異物感。

もちろんこの男は、この感触は初めてだ。それなのにその異物が何かを理解し、恐怖した』

どう？ あ、何かわかりそう？ じゃ一応、もっともっともっとシンプルに言うよ。

『夜、街灯もない真っ暗な道に迷い込んでしまった男が、うんち踏んじゃった』


どうだった？　わかった？

あ、わかったけど、何その話って感じだよね。ちなみに、どの言い回しが一番良かった？

あ、最後？ ほんとに？ ほんとに最後？

そうか。回りくどいのは、しんどいだけだもんね。だねだね。

でもさ、何か気使っちゃってさ、回りくどくせざるを得ない時とかもあんじゃん。

まあでも、うん。じゃあ、色々な言い方は考えてきてたんだけど……これにするか。


『早く金返してくんない？』

知ったかぶり

女がブラブラと街を歩いていると、高校の同級生だった男が後ろから声をかける。女は一瞬びっくりして身構えるも、久々のクラスメートの顔に、無愛想ではあるが、安堵の表情をのぞかせた。

男「おーい、偶然。久しぶり」
女「あ、うん」
男「せっかくだし、ちょっと話さん？」
女「うん」

二人は近くの公園のベンチに腰をかける。久々にもかかわらず、男は女にたわいない話を始める。

男「最近映画とか見た？」
女「あーーー、うん」

男「なになに？」
女「『グリーンマイル』」
男「あーーー、あの感動する系のやつだ」
女「うん」
男「ほかは？」
女「えと、『ライフ・イズ・ビューティフル』」
男「感動系好きだねえ」
女「見たことあるの？」
男「うーん、あるある。なんかだいぶ前に見たから、ちゃんと覚えてないけど」
女「ほんと？」
男「いや、なに。ほんとほんと。泣いたわ〜」

女は、男が映画を見ていないことを知っていた。高校時代から、男はとにかく知ったかぶりするタイプだったからだ。

男「漫画とか、周りで何が流行《はや》ってるの今？」
女「……『鬼滅の刃』とか」
男「あー、すごいよねあれ。なんだっけ。鬼とね、戦うやつね」

女「ねずこがかわいいの」
男「そうそう。ねずこね。かわいいよね。泣けるわ〜」
女「見たことあるの？」
男「途中までだけどね」
女「ほんと？」
男「もう、ほんとだってば〜。マジねずこ泣ける〜」

男は、このようになんとなく軽口を叩いては、話の深部には決して介入しない、THE知ったかぶりだった。

知らない、とは言いたくないのか、常に話題の中心でいたいのか。

だからといって男は、決して周りに疎まれるタイプの知ったかぶりではなかった。

どちらかと言えば、お調子者のムードメーカーだったからだ。

男は、空気が読める知ったかぶりだった。

周りも、そんな男が嫌いではなかった。

男「しかし久々ね。五年ぶりくらい？なのに、あんま変わんないね。もう30歳っしょ」
女「うん。そんなもんかな。そっちのほうが全然変わんないじゃん」
男「当たり前だろ。ははは。俺に言うかねそれ？はは」

高校の卒業式の日に、不慮の事故でこの世を去った男。

あの頃の見た目のままの男。

もともと感受性の強かった女は時折、男とこうして会えることがあったのだ。

男「ええと、前に会ったのが五年前で、その前が…七年前くらいで…その前が」
女「十二年前」
男「そうだそうだ。俺が死んだ直後だ」
女「あの時は、ほんとびっくりした。もうマジで。マジでびっくりしたよ」
男「俺もだよ。まさか自分のこと見える人がいるなんて思わないからね。嬉しかったけどね」
女「いつもさ」
男「ん？」
女「いつも私が死ぬほど落ち込んでる時に現れるのは、わざと？」
男「いやあ、それはどうだろ。偶然じゃない？」

これまで男が女の前に現れるのは、女の言う通り、まさにそんなタイミングばかりだった。

人間関係の悩み。仕事の悩み。男は、自分のことが見える同級生が激しく落ち込むたび、励ましにやってきていた。

この日も男は、女にかける言葉を選び始める。が、いつもより言葉が出てこない。

男「んーーー。どうしたもんかね」
女「……」
男「まあでも、元気出してさ」
女「無理だって」
男「だよね。ごめん」
女「ねえ」
男「うん？」
女「知ったかぶりせず、本当のこと教えてほしいんだけど」
男「なんだよそれ。いつも知ったかぶりなんかしてな……」
女「天国ってあるん？」
男「あるよ」

男は即答した。

女「ほんとに？」
男「ほんとに」
女「ほんとにほんとに!?」
男「ほんとにほんとに」

女「どんなところ？」
男「幸せなところ。こっちの世界とはまた違って。すげー幸せなところ」
女「ほんと……？」

男はまたもや、話の深部には触れてこなかったが、男の目が、知ったかぶりをしている時のおどけた目ではないことを女は理解した。

男「だからこんなとこブラブラせずさ。一緒に行こう」
女「……うん。うん。うん。怖かったよ。怖かったんだよ」
男「大丈夫。大変だったな。さあ、行こう」

二つのまばゆい光が空に昇っていく。そして男は、普段から知ったかぶりするのは、そろそろやめようと反省した。

歌が聴こえる

どこだここは？

気がつくと私は、薄暗い部屋で一人、自分が置かれている状況が呑み込めないまま、ただ過ごしていた。

出口を探しても、それらしい場所は見当たらない。何もない部屋だが、なぜか食べる物だけは用意されていたので、生きていくことには困らなかった。

目が慣れてくると、この部屋にもう一人いることが確認できた。なんだ。一人じゃなかったのか。

一人よりは二人のほうが安心できた。相手も私と同じ境遇のようだった。いつの間にかこの部屋に閉じ込められ、ただ過ごしている。初めは随分とおびえていたが、私と会えたことで、やはり少し安心したようだった。

いつしか二人でこの部屋から出ることが、共通の目的となった。まずは、こんな目に遭わせたやつの目的を考えないといけない。

一体何のために。

何かをするでもなく、ただ閉じ込める。手がかりは少なかった。毎日部屋を探索し観察するも、目立った進展はなく、肩透かしに終わる日々。

ある日、そんな日々が前進する出来事があった。

突然、歌が聴こえたのだ。

自分たち以外の声を久しぶりに聴いた気がした。近くに誰かいる。

私たち二人は歓喜し、今がチャンスなのではとばかりに壁を叩いた。

「おい！ここにいるぞ！出してくれ！おーい！」

どうやらこちらからの声は聞こえていないようだ。必死の行動もむなしく歌は鳴りやみ、また元の非日常、私たちにとっての日常に戻るのであった。

だがそれから、その歌は不定期ではあるが、ちょくちょく聴こえるようになり、そのたびに私たちの折れそうな心を救ってくれた。

壁を叩くしかできない私たちは、歌が聴こえるたび、力の限り叩いた。

＊

その日は突然やってきた。

出口とも思わなかった部屋の最果ての隙間に、人一人がギリギリ抜けれるような穴を見つけた。なぜ今まで見逃していたのか。出られるかもしれない。

私は自分ではなく、まずは同居人に、先に出口へ進むことを促した。初めは気を使っていた彼もやがて同意し、ゆっくりと出口へと向かっていく。


この部屋は特殊だ。


万が一。

万が一、一人しか出られないなんてルールなどがあったとしたら、それは余りにもむごい。

私よりも彼のほうが、不安な顔をしていることは多かった。

もし、こんなチャンスが来たら絶対に先に行かせてあげようと決めていた。


また後で必ず会おう。そう目で合図を送り、同居人は出口を進んでいく。

行け。行け。そのまま！

手こずっているのがわかる。私は彼の背中を押した。

よし！ 出られた！

私も続く。

なるほど。これはなかなか険しい道だ。

しかし、出るんだ。

私は、私たちは自由を勝ち取るんだ！


外に出られた嬉しさで、私たちは、声が枯れるまで泣き続けた。

*

「頑張りましたねママさん～元気な双子ちゃんですよ～」

「ああ…ありがとう…嬉しい……」

「一応こっちの子が先に生まれたので、お兄ちゃんですね」

「そっか……双子って、そうなるんでしたっけ」

「昔はね、後から出るほうをお兄ちゃんと決めてた時代もあったらしいですけどね。今は出生届なんかの関係で変わったんです」

「そうなんですね。てっきり後から出るほうが弟思いのお兄ちゃんなのかなって、勘違いしてました。まあどっちでもいいですね。ありがとう……二人とも頑張って出てきてくれたね。ふふ。ああ……かわいい」

噂話の隣に…

「なあなあ、あいつさ、営業の高山《たかやま》ってやつ。わかる? 態度悪くない? こないだ仕事振ったらさ〜ぶっきらぼうな感じでさ〜……。やば、高山だ。おお高山。聞いてたのか……? そうか。いや、それならいいんだ」

「ねえねえ、あの高山君てわかる? 営業のさ。こないだ近くで見たら意外とカッコよくて〜思ってたより背高いんだよね〜……て、あれ高山君だ。恥ずかしい。聞かれてたかな」

「そういや、高山って連れがさ、こないだの飲み会でめちゃくちゃ酔っ払っててさ〜アイツ何回もトイレ行ってさ〜マジ20回は行ってたんじゃ……。あれ? 高山じゃん! ちょうどお前の話してたんだよ! こないだウケたわ〜」


最近ふと思う。

俗に言う噂話。これは誰もがしたことはあるだろう。内容は問わない。文句だろうが、称賛だろうが、おもしろ話だろうが。みんなする。私もする。ただ、その近くを私が偶然通る、という場面に出くわしたことがない。

前述したのは、あくまで私の理想の会話だ。まあ、聞かなかったふりをして、その場を立ち

去る。これももちろんアリだが。ドラマや漫画などでやたら見るあの場面。なんなら、あの場面が物語の展開を大きく変えることもしばしば。

例えば……

ドアを開けようとしたら、偶然聞こえてくる自分の話。そこで自分の出生の秘密を知ることになるとは！ or 居酒屋の隣の個室から偶然聞こえてくる自分の話。まさか俺が命を狙われているだと！ or 階段の踊り場から偶然聞こえてくる自分の話。なに!? みきちゃんが俺のこと好きなの!? or 偶然盗聴したら偶然聞こえてくる自分の話。俺は…知りすぎたようだ……！

みたいな。

ドラマで見たことありそうなシーンを並べるだけでも、枚挙にいとまがない。

まあもちろん、そんな急展開はいらないのだが。でも、あんなの現実世界にはいない。あんな〝出くわすやつ〟冷静に考えたらすごい確率のはずだ。普通に生きてたら、そうそう〝出くわさない〟。

ああ……。出くわしたい。あの場面に、出くわしたい。自分の噂話の隣に行きたい。さっきも述べたが、内容は問わない。とにかく出くわしたいんだ私は。出くわすことが今の私の夢だ。

その日を境に、私は知り合いがヒソヒソ話してそうな場面を見つけては、気づかれないように近づいた。会社の休憩時間の喫煙所で、人がたまってる時。OLさんたちが、お茶を入れながらだべっている時。トイレやオフィスのドアを開ける前は、とりあえず聞き耳を立てた。地元の連れと約束した時は、わざと少し遅れて、こっそり集合場所に合流したり。

とにかく出くわしたかった。しかし一向に出くわさない。

自分がもともと、あまりそういう噂話の対象にはならないのかもしれない。

だが、この出くわしたい気持ちは止められない。

＊

それから六十年後、89歳になった私は、老人ホームで余生を過ごしていた。

「おじーちゃーん。今日はいい天気ですからね。散歩でもいきましょうね～」

「ありがとうねえ」

すっかりおじいさんとなった私は、若く優しい介護士たちに囲まれ、平穏な生活を送っていた。身の丈に合った、いい人生だった。

後悔があるとすれば、〝出くわしていないこと〟

しかし、それは突然訪れた。

私が椅子に座ってうとうとしていると、後ろのほうで介護士たちがヒソヒソ話をしている。

私は耳は悪くないおじいさんだ。最近ではヒソヒソ話に出くわすこと自体が珍しい。

これはもしかすると。もしかするぞ。


「ねえねえ、あのさ……」

なんだなんだ。

「自分の噂話してるとこに出くわすってドラマでよく見るけど、あんなの実際体験したことないよね」


いや、そっちか。そっちに出くわしたか。

話題そのものに。残念。

そして私は、優しく息を引き取った。

出くわせ、なかったなあ……

「フフフ、高山のおじいちゃん、気持ち良さそうに寝てるね。そういえばさ、高山さんておじいちゃんだから気づきにくいけど、背とか高いよね。昔モテたりしたのかな～」

ハッピーエンドの映画のようには

久しぶりに撮った写真。それを眺め、二人の笑顔が引きつっていることに気づいた時にはもう、今までの僕たちの関係は終わっていたのだろう。

＊

真由美《まゆみ》と初めて出会ったのは、小雨が降りしきる三年前の六月のある日。仕事がいつもより早く終わり、時間を持て余していた僕は、さして見る気もなかった当時流行《はや》っていた映画を、なんとなく見に行った。内容はあまり覚えていない。確か男女の中身が入れ替わってドタバタを繰り広げ、なんだかんだ感動のハッピーエンド的な、映画としてはややありがちな内容だったなという記憶はある。

とはいえエンドロールが流れる頃には、周りに鼻をすすっている音が多いことに気づき、実はなかなかいい映画だったのではないかと、自分の感受性のなさに若干落胆した記憶もある。

その中にあって、ひときわ大きく鼻をすすっている女性が、偶然隣に座っていた真由美だった。もはやそれはすすり泣きを通り越し、号泣にも近い、嗚咽まじりの泣き声。そこまで映画ひとつで感情を動かせる人に、僕は感心と関心を覚え、一人で来ているということを確認し、思わず話しかけていた。

「大丈夫……ですか？」

「ひゃい？　ひっく……ぐしゅう……はい……大丈夫です、すみません……ひっく」

「いい映画で感動……しましたね？」

「ひゃい……ハッピーエンドでよかったです……ほんと」

「でも、そこまで感動するの、すごいですよ。監督も喜びますね」

「あ、ひゃい……いや感動はしたんですけど、あの違うんです……ぐしゅう」

「え？　違う、とは？」

「感動はしたんですけど、ぐしゅう、ひっく、これはその、ぐすす……」

「ん？」

「…鼻炎です…ぐしゅう」

「び…え!?」


人が人を好きになる理由なんて、何がキッカケか、わかったもんじゃない。

顔がタイプだったからとか、料理が上手だったからとか、本気で叱ってくれたからとか、鼻炎のタイミングが可愛《かわい》すぎたから、とか。

この日をキッカケに僕らは知り合い、何度かデートを重ね、付き合うことになる。運命的な出会い、と言うにはいささかムードに欠けた出会いだったが、あの時は確かに運命だったと、僕はそう感じていた。真由美の何にでも感動できる人柄は、僕のやや醒め気味の性格には合っていた。いやむしろ、醒め気味の演技をしていた自分に気づかされたというべきか。真由美は真っ直ぐだった。キレイな花には「キレイだね」と声に出し、困っている人には「困っていますか？」と声をかけ、助けてほしい時には「助けて」と声を上げる。そんな真由美を、僕は心から尊敬し、愛していた。

＊

しかし、こんな日が来るとは。

後悔は一切ない。荷物をまとめている真由美を横目に、僕には何も言うことはなかった。

ただ、じっと見つめていた。するとさすがに気になったようで、真由美が話しかけてくる。

「……何？」

「え、いや別に……」

「へんなの。これからそんなので大丈夫？」

「俺は、大丈夫だよ、真由美のほうこそ大丈夫、か？」

「当たり前じゃない。二人で決めたことでしょ。もう」

こんな時、強いのはやはり女性なのかもしれない。

そして二人が出会ってからちょうど三年目の今日。神父さんの問いかけに僕たちは答える。

「誓います」

「誓います……うう」

こんな日が来るとは。後悔は一切ない。本当に嬉しい。嬉しいよ。

誓いのキスをしないといけないのに、あの映画の時より泣きじゃくっている真由美。

「大丈夫か……？」

「だ、大丈夫…ひっぐぐしゅ…うう、だって、嬉しくて、嬉しくてさあうう……」

「今日は鼻炎じゃないんだな？」

「もううう！ばかあ…ぐしゅ！これは違うよおあひっく、てかさあ」

「ん？」

「…そっちこそう、泣いてるよ？ひっく……」

「な…え!?」

気がつくと、二人で号泣して、誓いのキスをしていた。ハッピーエンドの映画のように、スマートにはいかないものだ。周りは温かい拍手を送ってくれていた。とは思う。

恥ずかしいとは思わない。僕もかなり、真由美の感受性をもらったようだ。

式も無事終わり、帰宅。真由美は疲れたらしく、すぐに眠りについた。真由美の増えた荷物を眺め、実感が込み上げてくる。

「今までありがとう。これからも、よろしくな」

緊張で引きつった笑顔の、二人のウェディング写真に、僕はそうつぶやいた。

THE 書き下ろし ショートショート

思い出を食べるチャペルと思い出がないミナトの物語

今からするお話は、とある世界の、とある時代の、とある村の、悲しいお話。

村人は恐怖のどん底にいた。来る日も来る日も、いつ村にやって来るかわからない〝化物〟におびえ、暮らしていた。

誰が呼んだか、その化物の名は〝チャペル〟。その愛らしい名前とは裏腹に、体つきは熊ほど大きく、顔つきはひどく醜く、うめき声は低く獰猛《どうもう》。なるほど化物と呼ぶには十分な見た目である。

だが真にチャペルが化物と呼ばれ、恐れられる所以《ゆえん》は、その能力にあった。チャペルは人間を殺すでも、何か暴力を振るうでもない。では一体何がここまで人々を恐怖に陥れるのか。

チャペルは〝思い出を食べる〟のだ。それもその人間にとって、大切な思い出であればあるほど。容赦なく。ただ、食べる。

*

初めて村にチャペルが訪れた時、一人目の犠牲者となったのは、20歳を越えたばかりの力自慢の青年だった。突然の招かれざる化物にも勇敢に立ち向かい、斧を振り回し、追い払おうとした。

だがどんな攻撃もチャペルにはむなしく、一切のダメージを与えられず。チャペルの太い両の腕が、青年の肩をわしづかみ、牙だらけの大きな口が開かれ、あわや食べられると村人たちが諦めかけたその時、チャペルのとった行動は、舐めるという行為だった。

大きな舌でもって、青年の顔一面をベロン。

犬が飼い主の顔を舐めるそれに近い。その例えと、もたらす結果は、あまりにもかけ離れているのだが。

ひと舐めした後、チャペルは満足げに、どこかへ帰っていった。

勇敢な青年の元に、村人たちが駆け寄る。青年は皆に「大丈夫、なんともない」と話す。村人たちもいい意味で肩透かしを喰らい、なんだったんだアイツはと談笑さえもしかけたその時、青年は言う。

「君は誰…？」

言われた相手は、青年の一番近くに寄り添っていた、青年の妻であった。

しかも先日結婚したばかりの、かけがえのない相手。言われた妻は意味がわからず、「悪い冗談はやめて」と苦笑いする。だが青年は本当に、妻のことを忘れてしまっていた。

それからも、悲劇は繰り返された。月に一度か二度の間隔で、おなかが減った頃合いでふと現れるチャペル。まるで、夜中に腹が減って台所のお菓子をむさぼる子どものように無邪気に、人々の思い出をつまみ食いしていく。まさに、ひと舐めしていく。


ある者は、自分の生涯の仕事の記憶を。

ある者は、愛する子どもの記憶を。

ある者は、死んだ親の記憶を。


チャペルの横暴を止めることができない無力な人々は、ついには、次に誰が犠牲になるか決める、という残酷な議題の会議を繰り返すようになっていた。

だが、そうすることによりパニックは回避され、大事な思い出の少ない者から生け贄になってもらうことにより、はりぼてではあるが、村の平穏は保たれていた。


そして、初めてチャペルが村を訪れてから六年近くたった頃、ある一人の少年が、次の生け贄に選ばれる。まだ少年は5歳。本来ならば親の愛情を全身に受け、幸せに過ごすのになんの理由もいらないはずの、その気の毒な少年の名は〝ミナト〟。

そのミナトこそ、あの勇敢な青年と妻の間に生まれた子どもだったのだ。

初めてチャペルに襲われ、青年が妻の記憶をなくした時、すでに青年との子を身ごもっていた妻。しかし記憶をなくされた夫との間に生まれてくる我が子を、心から愛することがどうしてもできなかった。全てが無意味に思えた。夫からしても、知らない女から自分の子どもが生まれてきたようなものだ。夫も同じく、我が子の実感を得ることはできず。

この夫婦を、一体誰が責めることができようか。

悪いのは全てチャペル。


愛情など特に与えられず、ただ、育てられたミナト。物心といった感覚も覚えず、笑顔もなく、可愛《かわ》いがられないペットのように、ただ生かされたミナト。

一度、妻が誤って、焚き火の火種をミナトの腕にこぼしたことがあった。妻もこれにはさすがに、我が子を心配し謝ったが、ミナトは泣くことも叫ぶこともなかった。ひどいやけどを負ったが、ミナトは〝わからなかった〟のだ。こんな時、喜怒哀楽どの感情を出せばいいのかも。

それをきっかけに、妻は愛情を向けてこなかった息子に、畏怖《いふ》の念さえも抱いてしまうようになる。

*

そして、その日はやってきた。

いつも通り、ゆっくりとした足取りで村にやってきたチャペル。そこに連れ出されたミナト。

母である女がミナトの背中を押し、チャペルの元へと促す。なんと残酷な光景か。

ここ数年、人間が勝手に自分の前に差し出されるものだから、村に深く侵入することもなく、流れ作業のようにひと舐めして満足げに帰っていくチャペル。

この日も例によって、目の前には生け贄がいる。今日はとても小さな生け贄だ。ミナトの細くか弱い腕をつかみ、いつも通りひと舐めした後、いつも通り帰っていくチャペル。

とはならなかった。本来なら思い出を食べておなかが膨れ、不気味な笑みを浮かべるのがチャペル。思い出をはぎ取られ、不思議な表情をつくるのが人間。のはずだった。

しかし、ミナトを舐めたチャペルのほうが、不思議な表情を浮かべていた。それもそのはず。一切の思い出という思い出を持ち合わせていないミナトを舐めたところで、〝手応え〟がなかったのだ。状況も思い出も呑み込めず、大きな舌を出したまま、じーっとミナトを見つめるチャペル。そして舐められたミナトはというと、驚いたことに〝笑って〟いた。そう、一切の愛情を受けず育てられたミナトにとって、この舐められるという行為ですら、初めてのスキンシップとなり得てしまったのだ。思い出を奪いにきた化物に、皮肉にも初めての思い出を授かる少年。

たまらずもう一度舐めるチャペル。笑うミナト。
舐めるチャペル。笑うミナト。

傍から見れば、まるで親猫が子猫をめでているそれにも見えた。そこにいるのは、化物と少年のはずなのに。
舐めれば舐めるほど、チャペルはミナトの状況を理解した。この少年は、何も思い出がないのだと理解した。なぜなら、チャペルが食べた思い出は全てチャペルの記憶となるのだが、ひと舐めすると、ミナトからは、チャペルがひと舐めした思い出しか入ってこなかったから。唯一、途中に入ってきた別の思い出は、無感情のやけどの思い出。

チャペルはミナトを舐めるのをやめた。

ミナトはまだ笑っている。チャペルは、ミナトを連れてその場を去った。

*

それから三年の月日が流れた。

村は平和だった。あれから一度もチャペルが来ることがなくなったからだ。村人たちはミナトをとても不憫《ふびん》に思ったが、それだけだった。


一方、化物と少年はというと。

「パパン！　木の実とれたよ！」

「オオ、ソウかソウか。偉いゾ。ミナト」

「パパンは今日も食べないの？」

「なんドも言ッただロウ。ワタシは人間とチガッて、食べなクテも平気ダ」

「でもさ、どんどん小さくなってるよ。痩せっぽっちに。あんなに大きかったパパンが」

「フォフォフォフォ。ダイじョーブ。ダイじョーブダ」

言いながら、ミナトの頭を優しく撫《な》でるチャペル。片言だが、人間の言葉も覚えたチャペル。

二人は山奥で、とても仲良く暮らしていた。信じられない話だが。

自分を全く恐れないミナトに、惜しみなく愛情を注ぐチャペル。実の親に甘えることも許されなかったぶん、存分にチャペルに懐くミナト。


ここで、チャペルに対しての誤解を解いておかないといけないだろう。見た目やそのやり方において〝化物〟という表現を使っていたが、もともとチャペルは心優しい人外《じんがい》の生物だった。神が何のためにチャペルのような存在を産み落としたのかというと、前述した〝思い出を食べる〟という行為。これは本来、〝人間にとってつらい思い出を忘れさせてあげる〟ための能力だった。

千年近くこの世界で生きてきた人外チャペル。ある者は、戦で死んだ恋人の記憶を消してもらうために。また、ある者は、諦めた夢の記憶を消してもらうために、チャペルを利用していた時代があった。チャペルも「皆が忘れたいなら」と、舐めてあげていた。〝忘れていい記憶があった〟時代だった。

しかし時代が豊かになり、戦もなくなり、つらい思い出が少なくなった人間たちにとって、チャペルは時代錯誤の無用の長物的な存在になってしまっていたのだ。豊かになってきたこの時代に、チャペルの能力は残酷すぎた。忘れていい記憶など、なくなっていた。そのことにチャペル本人は気づいておらず、しかし、ミナトと出会ったことで、自分のしてきた行為がもしかして間違っていたのではと考えるようになる。「もう人間の思い出は食べてはいけない」。しかし思い出のみが主食のチャペルにとって、それは過酷な状況だった。空腹に耐えかねたチャペルが、寝ているミナトを舐めてしまおうと思ったことは何度もあった。だが、それがどのような結果を生むかはわかっていた。自分のことを忘れてほしくない

「パパン」と呼んでくれたこの少年の、自分との思い出しかないこの少年の、笑顔をなくしてなるものか。

＊

ずっと二人で暮らせるのなら、どんなに幸せだっただろう。しかし、無情にもその日はやってきた。人の思い出を食べることを断つと決めたチャペルに、死期が迫っていたのだ。

チャペルにはいつかこんな日が来ることはわかっていた。さて、どうしたものか。ミナトはまだ一人では生きてはいけない。村に帰さないと。

「ミナト、イマから村ニイコウ」

「……どうして？　イヤだよ」

「ワタシはもうスグ死んでシマウ。すまナイ」

「え……」

「わかってクレ、ミナト。すまナイ。ジュミョウがきたンダヨ」

「違うよね」

「ナニ……？」

「パパンが人を舐めないからだよね。知ってるよ。パパンは人を舐めたら元気になるんだ。知

ってるんだボク」

「ドウしてソレヲ」

チャペルからすれば、その記憶すら、最初にミナトを舐めた時になくしてると思っていたのに。しかし確かに、ミナトからその記憶をもらってはいない。チャペルがミナトから奪った村での思い出は、母にやけどを負わされたことのみだった。

「パパン、ボクの」

そのミナトの言葉の続きを、チャペルは聞きたくはなかった。

「ボクの思い出を食べてよ」

ダメだ。それだけはダメだ。だって、そんなことをすれば、お前はワタシを忘れてしまうじゃあないか。それは、それは、あまりに悲しすぎる。チャペルは拒否するほかなかった。

「ソレはできナイ。すまナイミナト」

「なんでだよ！　パパンが死んじゃうくらいなら！」

「ミナトに、忘レられルノハ、死ヌより、ツライ」


チャペルは最後の力を振り絞り、嫌がるミナトを背負って、久しぶりに村を訪れた。村人たちは久しぶりのチャペルを見るや否や、一斉に攻撃を開始した。ミナトの父である青年は、すぐさまミナトをチャペルから奪い、抱き寄せた。いつかこんな日が来たなら必ず救おうと決めていた。妻も泣きながら、何度も「ごめんねミナトごめんね」と、抱きしめた。

しかし、ミナトの想いはそこにはない。

自分を愛してくれたのは、そこで打ちのめされている化物、ただ一人なのだ。

もともと弱りきっていたチャペルに、人間の攻撃は効いた。もはやチャペルは虫の息となり、倒れた体はピクリとも動かない。しかしこれでよかったのだ、自分のような人外はここらで幕を閉じるべき時が来たのだと、生に対しての後悔はなかった。


唯一後悔があるとすれば。実の親の手をほどき、自分の目の前で力いっぱい感情をぶつけてくる少年に対してのみだった。

「イヤだよ！！！　パパン！死んじゃイヤだ！　パパン！　パパン……！」

村人たちもその光景を見て、化物が少年に愛されていたことを知った。また、化物もまた少年を愛していたということも。無責任にミナトを生け贄にした自分たちなんかよりもずっと。

しかし、ああするしかなかったのだ。何も知らなかったのだから。

チャペルは最後の力を振り絞り、震える手でミナトの頭をなで、静かに話しかける。

「ミナト…あり…がトウ。おまえト会えテ、ホンとうニ、幸セ…だッタ」

「イヤだよ…！　そんなこと言わないでよ……！」

「ありがトウ…ミナト…ありがトウ」

「イヤだよ！　うう…！　パパンがいなきゃ…パパンがいなきゃ…生きてる意味なんてない！　パパン大好きだよぉ！」

「フォフォ……」

そしてチャペルは、力尽きた。ミナトの顔をひと舐めした後に。

キャッチボールガールズバー

「おにーさん！ キャッチボールガールズバー、いかがですか？ 楽しいですよ！」

繁華街の裏道を何気なく歩いていると、見たことのない看板の前で、若いにーちゃんに呼び止められる。友人たちと別れた帰り道、まだ少し飲み足りないと思っていた俺は、変わった店だなと思いつつも半ば吸い寄せられるように扉を開いていた。

「いらっしゃいませ〜。キャッチボールガールズバーへようこそ。プレイボール〜」

店の中は至って普通。薄暗いカウンターに数人の小綺麗な女性が立ち並ぶ、どこにでもありそうなガールズバーだ。女性の語尾だけ気にはなったが。

キャッチボール、の趣旨を守っているのだろうか。特にグローブなど持っているわけではない。まあ、持ってなくてよかったのだけど。

中央の席に座ると、カウンター越しにショートボブのよく似合う健康的な可愛《かわい》らしい女性が話しかけてくる。

「当店は初めてでいらっしゃいますか？」

「あ、はい」

「ありがとうございます。当店は、様々な〝会話のキャッチボール〟を楽しんでいただけるガールズバーです～」

会話のキャッチボール……？　いやいや、そもそもガールズバーってそういう場所なのでは、というセリフが喉まで出そうになった。しかしまあ、乗り掛かった船だ。乗ってみるとしよう。

「へえ、それは楽しみだ」

「メニューから、ご注文をお選びください～」

「ええと…ほう。こりゃまた変わった感じの…ラブラブカップルビール……？　ていうのは？」

「ラブラブカップルの会話のキャッチボールが成功すれば、ビールをお出しします～」

「へえ……？　じゃ、とりあえずそれを」

「その前に何か気づくことはないの？」

「え？」

「もう～、鈍感なんだから。ほら何か変わってるでしょ？　こないだ会った時とさ～」

「いや、え？　初めましてですよね……」

意味がわからず狼狽《うろた》えていると、ボーイが耳元で何やらささやいてきた。

「…お客様、ラブラブのカップルとしての、会話のキャッチボールをどうぞ……」

なんだそれ？　ラブラブカップルの会話？　んーー、えらく面倒なシステムだな。

しかしまあ、乗り掛かった船だ。いや、飲みたかった酒だ。

「ええと……メイク変えた？」

「ボールッ！」

「んーと、ネイル可愛いね？」

「もう！　ボールゥ！」

「痩せたんじゃない!?」

「ストライーク！　嬉しい、気づいてくれたんだね、大好き～。ビールです、どうぞ～」

いや、会話のキャッチボールって、そういうことじゃなくね？　前半の会話は、的外れのボール球で？　最後の会話は、彼女のハートにいいコースの球を投げた的な？


なんだよここ。めちゃめちゃおもしれー。


ラブラブカップルビールを勢いよく飲み干した俺は、続けて次の注文をする。

「じゃあ……修羅場カップルジントニック？　ください」

「昨日、あなたが女と歩いてるの友達が見たんだけど、あれ誰？　どういうこと？」

おう、修羅場だ。これは冷静にキャッチボールしないとだな。

「いやいや、見間違いだろ」

「ボール！」

「同僚とランチ行ってただけだって」

「ボールよ！」

「そんなことより痩せたよね？」

「ボールだってば！」

やばい、スリーボールだ。フォアボールになったらどうなるんだこれ。ええと。

「あれは妹だよ。前に言っただろ？　お前の誕生日プレゼント買うの、付き合ってもらってたんだよ。サプライズしたかったのになあ」

「ストライーク！　そうだったんだ。ごめんね疑って！　ジントニックどうぞ～」

耐えた～。よしよし。こんなおもしろいバーがあったのか。深夜番組とかで取り上げられたら、すぐ流行《はや》るのでは？

などと考えているうちに、ジントニックを飲み干した俺は、次の酒を探していた。

「うーーん、次は……」

「てかお客さん、会話のキャッチボールお上手～」

「え、そ……そう？」

「そうですよ～。お客さんみたいな人とプライベートで会ってたら、私、絶対惚れちゃってます！」

ストライーク……！　心の中でそう叫んでいた俺は、すっかりこのバーに夢中なようだ。

それから何回も会話のキャッチボールとお酒を嗜《たしな》み、最高の気分となった俺。絶妙にストライクゾーンも見極めだした俺は、もはや夜のスラッガーだ。

「おにーさん、会話もお酒も強い～。あ、お時間なんですが、どうします？　延長はなさいますか？」

「もちろんだよ。次はこの、痴漢に間違えられた冤罪ソルティードッグもらおうか」

「は～い。延長戦はいりまーす！　この人、痴漢よ！」

「いや、両手でつり革持ってるじゃないか！」

「ストライクゥ！」

気持ちい～。一撃でストライクがとれた時の、えも言われぬ高揚感。

そして、気がつくと三時間以上たっていた。後ろ髪を引かれつつも、そろそろゲームセットを告げる。

「ありがとうございました～。お会計が、15万円です～。ナイスキャッチボールでした」

え？　嘘だろ？　こんなに楽しかったのに？　普通にぼったくり？　いや、楽しかったからこそか？　待ってくれ。確かに楽しい店ではあったが、その金額は割に合わない。

今までの流暢な会話はどこへやら。俺は、たどたどしく懇願する。

「いや…いや、ちょ、ごめん待ってよ…そ、その値段は、さすがに…ねえ。ム、ムリだって」

「ボールです」

「いやいや、もう、そういうのじゃなくてさ…」

「ボールです」

「お願い、さっきまで楽しかったじゃんか」

「ボールです」

「ふ…ふざけんなよ！」

「ボール！　フォアボール！」

女性がそう叫ぶと、店の奥から現れた、黒いスーツを着たベタな連中に囲まれる。有り金を全部払わされて、「警察に言うとどうなるか知らねえからな」と、免許証のコピーまでとられた。最悪だ。これがいわゆる勉強代ってやつか。


店を出て、肩を落とし、とぼとぼと繁華街を歩いていると、またいろんな呼び込みのにーちゃんに声をかけられる。

「おにーさん、ギャンブルどう？」

「おにーさん、おさわりあるよ？」

「おにーさん、ガールズバーは？」

全て無視して足早に通り過ぎた。

歌舞伎町のキャッチのボール球には手を出しちゃいけないんだよ。ちくしょう。

Secret exchange

初対面の女と男が、飲み屋で意気投合している。

「誰にでも、人には言えない秘密の一つや二つ、あるでしょう? それは何かって? だから言えないってば。人には言えないんだから。ただ、人間って生き物は矛盾の塊ね。人には言えないことほど人に言いたくもなるし、聞きたいし。んーー。じゃあこうしましょう。あなたの秘密を、わたしに教えてくれるなら、わたしもあなたに秘密をお返しするわ。フェアにいきましょう。もちろん安心して。守秘義務は徹底する。あと、当たり前だけど、あなたの秘密のレベルによって、わたしが明かす秘密の内容も変わってくるわよ。そりゃそうでしょ。あなたの秘密が例えば、『浮気した』程度のありふれたメニーメニーストーリーなら、わたしの手札の秘密もそれなりよ。さあ、どうする?」

「それっていうのはつまり…秘密の等価交換、みたいなものかな? うーん。いや、待って、ちょっと考えさせて。出会ったばっかりの君のその提案と、自分の中の好奇心を今、天秤にかけてるから。飲み屋で偶然、隣になっただけのぼくたちがそんなやり取りをして、果たして有

益なのかどうか……。うん。決めた。乗った。人間ってのは、酒の席では、好奇心が上回るようにできてる。知らない人の秘密ってやつに興味が湧いてるよ。こんなことあるんだね。じゃ、ぼくからってことだね。まずは様子見レベルでいかせてもらおう。一つ目のぼくの秘密は……」


「実は学生時代、好きな人の着替えを、ロッカーに忍び込んでのぞいたことがあります」

「わたしは学生時代、担任の先生と放課後、キスをしたわ」

「コンビニでバイトしてた時、レジから1万円とったことがあるんだ」

「わたしは不倫相手の財布から、カードを盗んだことがあるわ」

「彼女の友達と関係をもったことがある。それも二度も」

「わたしは彼氏の弟と関係をもったことがあるわ」

「幽霊を見たことがある。髪の長い血まみれの女だ」

「小学生の頃、三日ほど霊に取り憑かれて動けなかったわ」

「……」

「どうしたの？　おしまいかしら？」

「いや、なんていうか絶妙に〝上〟を行かれてるような……。これ、等価交換になってる？」

「ああ気にしないで。提案したのはわたしだから、それなりのリスクを背負ってるだけの話」

「はは。優しい人なんだね。オーケー。続けよう」

「頼もしいわ」

「次の秘密は……」

ひとしきり秘密を共有した二人。飲み屋を出て、夜風に吹かれる帰り道。

「今日はありがとう。楽しかったよ」

「わたしもよ」

「いや、ほんとに。なんだかこんなに自分の全てをさらけ出したのは初めてかも。思い出しても恥ずかしい」

「ふふふ。そうね。すごい数の秘密を抱えてたものね」

「お互いね。……よかったら、また会えるかい？」

「秘密が増えたら、また会いましょう」

「ははは。おもしろい人だ。君という人間が気になってる、という気持ちは秘密にしないでおこうか」

「光栄だわ」

酔いも舌もまわった二人。そこに、おもむろに一人の老紳士が声をかける。


「ああ、もしもし。いや突然すみません。怪しい者ではないのですが、その、なんと言いますか。全く聞くつもりはなかったのですが、その…お二人の飲み屋での会話…秘密の等価交換、てやつですか？それわたくし、全部聞いてしまってまして。

いや、すみません。あまりに興味深い議題だったもので。わたくしも、これを聞くのは野暮だとは思ったのですが。つい…。いや、そうですよね。近くに誰かいるとは思ってなかったですよね。斜め後ろの席にいまして。わかります、すみません。しかし聞こえてしまったもので。さて、ここからが本題なのですが、わたくしだけお二人の秘密を聞いてるのは、やはりフェアではない。なのでわたくしも何か秘密を言いたいのですが、しかしながら、今からお二人ほどのたくさんの数の秘密を共有するのは時間的にも物理的にも難しい…ですので……」

老紳士はそう言うと、みるみる透明になり、姿を消した。

「透明人間は初めてですかな？」

あれほど饒舌《じょうぜつ》だった男女が言葉を失う。

「これで十分な等価交換かと。ああ、守秘義務はお願いしますよ。それではごきげんよう」


姿は見えず声だけとなった老紳士の足音が、遠くに消えていく。残された男女。

「参ったな」

「どうしたの？」

「ぼくはね、以前、見たことがあったんだ透明人間を。言っても信じてもらえないだろうと」

「あら、そうなのね。言ってくれればよかったのに」

「つまり、これは……」

「ええ。あなたにとっては、等価交換になってないわ。聞かれ損。仕方…ないわね……」

そう言うと女はみるみる姿を消し、ハイヒールの足音が、遠くに消えていった。

男はつぶやく。

「ほんと、優しい人だ」

取り返しのつかないミス

最初は、ちょっとした火遊びのつもりだった。

仕事も私生活も脂の乗りだした30代。同期の中では営業成績も良好。結婚して五年。家には帰りを待ってくれている甲斐《かい》甲斐《がい》しい妻。

何の不満もない幸せな日常。そこに刺激——という非日常を求めてしまうのは、僕の弱さなのだろうか？　はたまた人間の本能か。


妻のことは、もちろん愛している。

だが今、隣で警戒心のない寝顔を僕に見せているのは、同級生のサエコ。

最初に言い寄ってきたのはサエコのほうだった。そんなことは言い訳にも弁護にもなりはしないが、この結果に至るまでの過程はやはり、か細いながらも自分の中の大義名分と化していた。いや、大義など不倫には存在しないのだが。

このスリルという海に溺れてしまう前に、どこかで潮時を見つけなければ。妻の顔を思い出すと胸は痛んだ。

だが目の前には、学生時代に付き合っていたサエコ。

人妻となったサエコ。「旦那が冷たい」と嘆くサエコ。とても、綺麗になったサエコ。僕が血迷う材料は、十分すぎるほどそろっていた。

もう少しだけ、この海に身を委ねてしまおう。絶対にバレてはいけないこの海に。可愛《かわい》いよ、サエコ。

*

最初はもちろん、こんな関係になるつもりはなかった。

でも、同窓会で元カレのタクヤと再会した時、否応なしにドキドキした自分の気持ちに従おうと思った。

誘ったのは私のほうだ。タクヤもまんざらではないのが、手に取るようにわかった。

彼が寝ている私を見つめているのが感覚でわかる。セックスをして先に寝るのは、いつも私のほうだった。というより、寝顔を見るのが好きな彼のために、率先して寝たふりをしてあげている。

彼が優しく髪をなでてくる。まるで付き合っていたあの頃に戻ったかのような錯覚を覚える。

学生時代の、何も怖いものなどなかった、あの頃の私たち。どこで歯車が狂ったのだろうか。

タクヤと結婚するものだとばかり思っていた。

でもふたを開ければ、私もタクヤも、別の人のものに。

旦那に、特に大きな不満があるわけではなかった。でも、元カレに甘えるための常套句《じょうとうく》として、旦那には「冷たい人」になってもらった。

もちろん、胸が痛まないわけではない。悪いことだとわかっている。ただそれ以上に、一度しかない人生、こんな秘密を抱える瞬間も、必要悪なはずだ。

タクヤの優しい手が髪に触れるたび、嬉しさと寂しさが同時に込み上げてくる。

*

週末に、休日出勤などと妻には言って、サエコとは昼間に時間をつくって会っていた。なので僕は、基本的に夜はしっかりと家に帰っている。

不倫にマナーなんてものも存在しないが、妻を心配させないのは最低限の浮気のエチケットなはずだ。半年ほど続く僕とサエコとの甘い関係に、妻は一切気づく余地もないだろう。

だがしかし、慣れてしまった頃に、人間というのは、大きな、取り返しのつかないミスを犯す生き物だ。

夕食後のコーヒーを淹れてくれた妻が、リビングに向かう途中に足を滑らせ、カップの割れる音が響いた瞬間だった。

「大丈夫か、サエコ!」

とっさに出た自分の言葉に、自分が耳を疑う。

しまった。間違えた……！

やばいやばい。聞こえたか？　ごまかせるか？

体中から汗が吹き出てくる。平静を装わなければ。やばい。

取り繕う方法も見つからない刹那、妻が危なげなくカップを片付けながら、普通に謝ってきた。

「ごめんタクヤ。コーヒーすぐ淹れ直すね～」

心配は杞憂に終わったようだ。どうやら、コーヒーがこぼれ、カップが割れたドタバタのおかげで、僕の呼び間違いはスルーされてそうだった。

ふーーー。助かった。まだドキドキしている。

しかし……タクヤって誰なんだ？

ラストアフターショートショート

ちょっと聞いて さっき生き返ったんだけどさ

んーと。これは何から説明すればいいんだろ?

とりま、私の名前はチカコ。29歳、いや、この前30歳になったわ。普通の、いや普通じゃないかもしれないOL。「チカコはいつも元気だね」「いつも明るいね」って、よく言われる。で、さっき生き返ったばっかり。

待って待って。落ち着いてwww 事実は小説より奇なりなんだよほんと。私、生き返ったんだよ、文字通り。私、死んでたんだよ、マジぽっくりwww
端的に説明するとね、まあ奇跡としか言いようがないんだけど。神様的な人たちのさ、もう少しこの女を生かしてやる? 的会議で可決されたんだろうなあと。ありがたいよ。だって確実に霊安室で横になってたんだから私。でねでね、その時現場にいたのが、私の彼氏の広志《ひろし》と私の親友の美由紀《みゆき》なんだけど。その時の二人の熱狂ぶりったら、そりゃもう天と地がひっくり返ったかのような……て言いたいところなんだけど。

まあね、美由紀はね、びっくりしてたよ。口裂け女さんかよってくらい、あんぐりしてた。

でも問題は広志よ、ほんとあいつだけは。百聞は一見にしかず、再現VTRどうぞ〜。

＊

チカコ「お願い！　お願い！　おねが…え。え？　え！！」
美由紀「…………！　え！　チカ…え!?　嘘！　え？　え？！」
広志「あ、チカコ……」
チカコ「ちょ、待って待って。何これ何これ。待って」
広志「チカコ」
チカコ「広志！」
広志「チカコお前、早くね？」
チカコ「？…何が…？　え？　早い？　何が何が？」
広志「いや、幽霊になるのがさ。まあ未練はあったんだろうけど」
美由紀「ちょっと！　鈴山《すずやま》君…？　何言ってんの……？」
広志「美由紀ちゃん、大丈夫。怖がらなくていい。幽霊なんて別に何もできないから実は。ましてやチカコだし」
チカコ「おいおいおい。何を言ってんの広志？」
広志「でもさ、すぐ話せて嬉しいよ。大好きだぞ、チカコ。だから、安心して成仏……」
チカコ「いや、あたしゃ生き返ったんですけど！」

広志　「はあ？　あははは。そんなわけ……マジ？　……ほんとだ。温かい」

チカコ「どこ触ってんだ」

広志　「やった！　チカコお帰り～誕生日おめでと～」

……うん。こんな感じ。ほんと、感動もへったくれもあったもんじゃないよね。

まあ、なんかパニックみたいになられるよりはよかったのかもしれないけど。

どのみち病院側はパニックなってたけどｗｗｗ　絶対お亡くなりになられたはずなのにーて。

なんか広志はさ、昔から霊感？　が人より異常に強かったらしくてさ。幽霊とかも日常的に見まくってたみたいで（ちょっと前にも、広志が別の女と電話してるっぽかったから問い詰めたら、『メリーさんだから心配するな』って言われて、マジ意味不明ではあった）。

なもんで、私もそんな広志に慣れてたっちゃ慣れてたし。なんなら特殊能力マジカッケーくらいに思ってたもんだから。

でも今回の私のさ、涙なしでは語れない感動の復活劇の時にまで、とりま幽霊扱いされるのは、たまったもんじゃなかったよｗｗｗ
まあいいんだけどね。結果はオーライ。


で、それからの話で言うと……まあ実際けがもしてたから4ヵ月くらい入院して、退院と同時に広志がプロポーズしてきたの。なんかもう、とんとん拍子。

「結婚しようぜー、また死なれても困るしーー」

みたいになったのｗｗｗ　いやあ、死んでみるもんだわｗｗｗ　嬉しいよ。

それでお互いの両親に改めて挨拶みたいになったんだけどさ、広志のお父さんね、随分前に亡くなってるんだよね。まあそれは仕方のないことなのだけど、やっぱり挨拶はしたかったというか。でもねでもね。挨拶ね、できたんだよ。これマジ。じゃ再現VTRどうぞ～。

＊

チカコ「何ここ…？　どこ…？」
広志「いや、確かこのあたりだったと思うんだけど……」
チカコ「だから何が？　なんか薄気味悪いんだけど…あの井戸とかさ。雰囲気ヤバくない？」
広志「ああ、そうそう。あの井戸だわ」
チカコ「え？」
痩せ型の男の幽霊「へへへ！　うらめし～……」
広志「親父」
痩せ型の男の幽霊「…なんだまた広志か」
広志「前よりいいよ。迫力出てるじゃん。でも、へへへ、はあざといかな」
痩せ型の男の幽霊「やかましいわ。お化けの父親に、ダメ出ししてくるもんじゃないわ」
チカコ「…何？　え、お父さん…がいるの？　見えないんだけど」
広志「紹介するよ親父。こちらチカコさん。今度俺たち結婚することになったんだ」
広志のお父さん幽霊「おお。そうかいそうかい。よかったなあ。おめでとう。チカコさんとやら。私に似て、変な息子でしょうが、よろしくお願いします」
広志「よろしくだってさ」
チカコ「……へ。あ、ああ、はい！よ、よろしくお願いいたします～」
広志「チカコ、あのさ」
チカコ「ん？何」
広志「……あれ。なんか言おうとしたんだけど、忘れちゃった」
チカコ「何よそれ。ていうか、お父さんまだいるの？」
広志のお父さん幽霊「いますよ。また孫できたら連れてきてくださいな」
広志「孫つくれって」
チカコ「え」
広志のお父さんエロ幽霊「善は急げだ。今日つくるといいよ。にぎやかなほうがいいから、双子がいいなあ」
広志「今日、双子つくれって」
チカコ「ちょ！なんなの、この親子！」

……ほんと何これｗｗｗ
なんかさ、広志の霊感はお父さんの遺伝らしくて、お父さんも生きてる時は霊感だけはすごい強かったそうで。まあなにはともあれ、ご挨拶できて？よかったよ。
で、今は広志と久々に外食行こうってなってさ。その前に広志が駅前の本屋に寄りたいって言うもんだから、ちょっと店の前で待ってるんだけども。……あれ？　わーーー！　なんか女の子が、すごいナンパされてるじゃん。男しつけ～。ガン無視されてるのに、すごいガッツ。私、ナンパなんかしばらくされてね～ｗｗｗあ、広志帰ってきた。

チカコ「ねえねえ、あの女の子、かわいそうだね」
広志「ん？……ああ。大丈夫だよ」
チカコ「え。なんで？」
広志「あの女の子には、ものすごい味方が近くにいるみたい。だから、大丈夫」
チカコ「……そうなの？」
広志「うん。それよりさ、見てよこの本。おもしろそうじゃない？」
チカコ「ほう。ショートショート小説集……？」
広志「そうそう。こういうの好きで……あ」
チカコ「ん？」
広志「思い出した。さっきチカコに言おうとしたこと」
チカコ「おお、なになに」
広志「これ」

広志がその黄色い表紙の本のブックカバーをはがして、私に見せてきた。
あはは。ありがとう、私もだよ。

あとがき

ＢＫＢことバイク川崎バイクです。

まず、こんな「ジョンソン・エンド・ジョンソン」みたいな名前のピン芸人の初めての拙い書籍をお手に取ってもらい、ここまで読んで頂き、本当にありがとうございました。

芸人ＢＫＢの著書として読んでくださった方もいれば、純粋に短編小説として興味をもって読んでもらった方、様々だと思われます。

ＢＫＢの著書という認識で読まれた方は、さぞかし脳内にＢＫＢがチラチラ浮かんで、読みづらい状況に陥ってしまったかと。お察しします。ＢＫＢの認識なく読ん

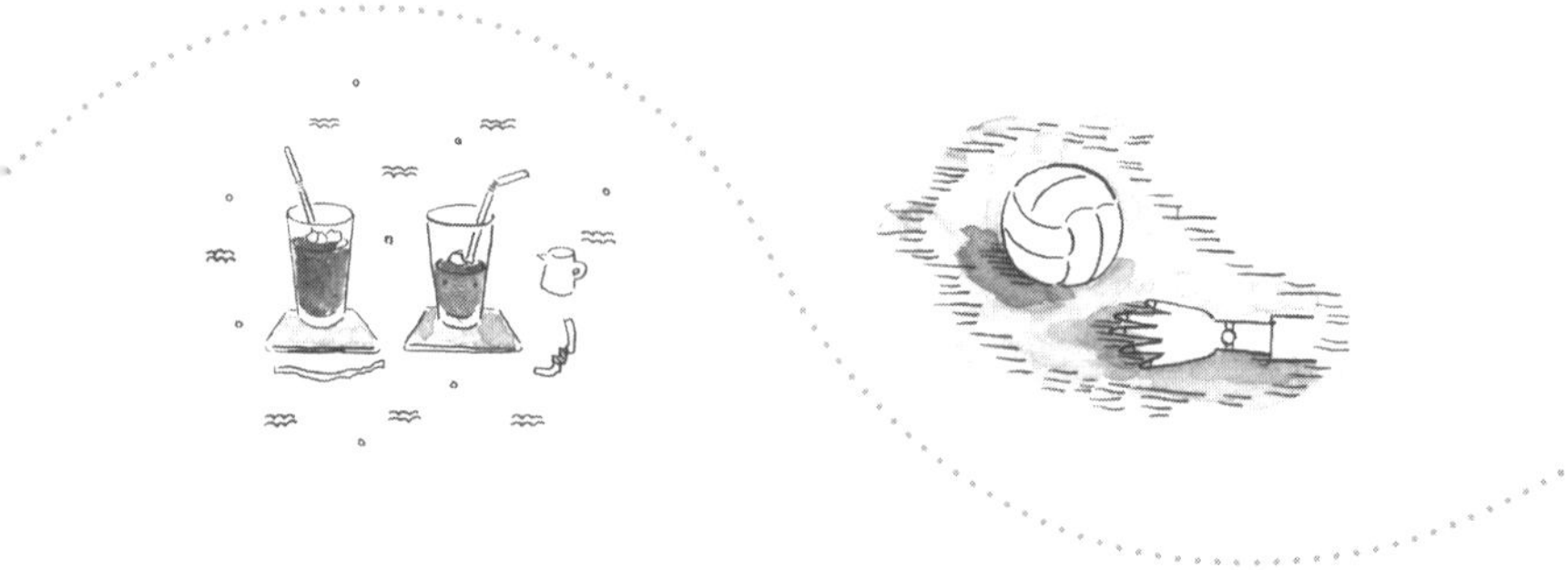

でもらった方は、本当、小説お好きですね、素敵です。
小説に慣れきった方にとっては文章表現が甘かったり、予測できるオチの作品もあったりしたかもしれません。ただ意識したのは誰が読んでも、〝スッと読みやすい文体で書く〟ことと、〝ショートショートに慣れてない人にもわかりやすい作品も混ぜ込む〟ことでした。

差し当たって、なぜ短編小説を書いたのかというと、〝昔からこういうのが好きだったから〟が月並みですが一番の理由です。ミステリー小説や叙述トリックの含まれたお話を読むのは好きでしたし、書くことにも興味はありました。オチに裏切りがあり、なおかつ短い話、それならお笑いのファンの方もそうじゃない方も、そして活字の苦手な方にも広く読んでもらえるかも。その思いに、緊急事態宣言で家に2ヵ月はいないといけない、そんな状況が加わり、本腰を入れてみました。

50日くらい毎日、毎朝8時19分（バイク）に「ｎｏｔｅ」という媒体に投稿する日々。徐々に反響も広がって嬉しい反面、「芸人が何をやってるんだ、もっとおもしろ動画とかをあげるべきでは？」と冷静に考えてしまうこともありましたが、「ＢＫＢがこんな話を書いてること自体が壮大なボケになってる」なんてトンチみたいな称賛の言葉を、同期のしずる村上に言ってもらい、吹っ切れて書き続けました。

　それがこんな早い段階で、書籍化のお話も複数頂き、皆さんのご協力のもと早急に実現することができ、とてもありがたやマジブンブンという感じです。

　本の帯コメントを二つ返事で快諾してくれた吉本ばななさんにもスペシャルサンクスであります。実はばななさんは毎年ＢＫＢの単独ライブをこっそり見にきてくれる隠れＢＫＢチルドレンです。あんな繊細な文章の方が（笑）。

　本をおもしろかったと感じてくれた方が、これを機会にＢＫＢが「ＢＫＢ」と言ってるだけではなく、実はしっ

かりした一人コントや、演出もこだわった単独ライブなどもしてるので、その辺りにも興味を持っていただければなと願っております。自分で言うの恥ずかしいこと、自分で言いました。

SNSでショートショートを上げた時の反応の9割が「あのBKBがこんな話を? 嘘でしょ」でしたから。残りの1割くらいは「そうそう、BKBは本来こっちの側面もあるの知ってたよ」でした。この1割の方の分母を増やしていければ幸いです。

2020年、世の中はまだ大変な時期でありますが、
最後に、読んでくれた皆さんが
B病気も　Kケガもせず　B無事笑って過ごせますよう!

~文章　完　文章~

2020年7月

バイク川崎バイク

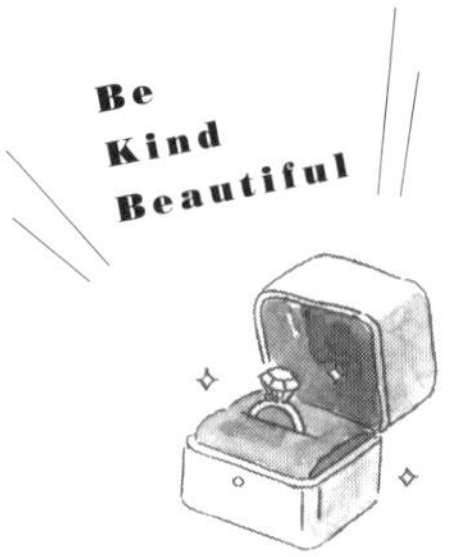
Be
Kind
Beautiful

BKB

バイクが　簡単に　バッとレビュー

BKBが全作品を簡単にレビューというか裏話というかそんな感じヒィア！

●花言葉

十年前くらいに書いた処女作。叙述トリックというのを見よう見まねで書いてみた。こんな話だと思わせといて実はこう、みたいな。最初にしては上出来と言える！クチナシの花言葉も調べてもらいたい。

●間違える女

バンビーノの藤田とZOOM飲みしてた時、なんでもお題くれたらショートショートにできそうって言ったら「砂糖と塩を絶対間違える女」で書いてくださいって言われて、書けた。さすが元料理人のお題。

●Cigarette smell love?

「〝エモい〟の書きたい」って思い立って、とにかくエモさを意識して書いてみた。自粛中、基本、朝の8時19分（バイク）に更新してたので、毎日深夜4時くらいから書き出してたのだけど、途中ヒューマン中村さんと近況長電話してて、ヒューマンさんと話しながら書いた（笑）

●ヒーロー

昔、本好きの元カノに薦められて読んだ『ハッピーエンドにさよならを』という本が、文字通りどうしようもなく救いなさすぎて衝撃すぎて（笑）そういうの意識して書いたけど、その域には全く到達できなかった。でも個人的にはお気に入り。

●起承転結・結・結

タイトルだけまず思いついてムリヤリ書いた。BKBは心理テスト大好き芸人なのでそのへんが出まくった。余談だがこれをネットにあげたら、後輩のフカミドリの矢巻から「めちゃくちゃ好きですこれ」って連絡きた。『電話をしてるふり』以外で連絡きたの珍しい（笑）

●席替え

子ども目線で書いてみよう的な感じで書いたやつ。実は初めは〝ゆきこちゃん〟ではなく〝香川さん〟という名字使ってた。わかりにくくなるかなと下の名前に変更。余談も余談だが、香川さん、は中一の時好きだった人の名字。中三くらいでバリヤンキーなってた。元気しててほしい。

●アイツとソイツ

十年くらい前の過去作。叙述トリック書くと、一度は書きたくなる「動物やったんかい」オチ！猫か犬か迷ったけどやっぱ猫よね〜。

●ちょっと聞いて さっき死んだんだけどさ

自粛が始まり、グッと本腰入れて書いたやつ。耳が最後まで生きてる、という話が昔から好きで書いてみた。ちなみチカコのモデルは昔付き合ってたとても明るかった元カノ（笑）

●金曜日

これは十年前くらいに書いたのだけど、当時、「この話コントでもできそうじゃね?」みたいになって、ほんとにライブでやった。YouTubeにもあげてるので良かったら見てね！ バイク川崎バイクの公式ユーチューブンブン！

●キャバクラなんて二度と

〝死後に死語言うやつ〟ていうダジャレが言いたくてそこに向かって書いた。ちなみ、近所に住んでる後輩のトレンディエンジェルたかしがよくダジャレを言うので思いついた。

●能力

これは花言葉に続き十年前に書いた、二作品目だったような。『世にも奇妙な物語』、にありそうな話を意識してみた記憶がある。BKBには比較的珍しくバッドエンド。読んでると、どうしてもしずるの『能力者』というくそおもしろコントが浮かぶ。

●レシピ

過去作。怖い話と思わせといて、違う、みたいな叙述トリックによくある手法を初めて試してみたやつ。ちなみ作中のゲームは『ストリートファイター2』のザンギエフを女の子が使いまくってるイメージ。

●とある旅の男の 悲しいお話

時代設定が昔のものも書いてみようかなと思い立って書いた。お笑いもそうだけど、ネタに困ったら、ドラえもんとかアンパンマンとか桃太郎に頼るよね！ 不変という偉大。

●ジャージ

十年前くらいに書いたやつ。「ジャージをテーマにいい話書いてみよう」とだけ決めて書いた記憶がある。当時、芸人仲間にショートショート読んでもらった時はこれが一番評判良かった気が。あと、BKB本人も普段基本ジャージ。知らんがな。

●満月も見えない 昼下がりの出来事

ドラキュラとかゾンビとか狼男とか、そんなのショートショート書きやすいのでは？ という感じで書いてみた。最後、子どもも狼男になってるのが割と気づかれてないのかも？ そんなことないか。

●偏見↓偏見↓偏見

『電話をしてるふり』の反応は良かったけど、こんな話も書きます的な意識の元、書いた。これは手前味噌だけど、なかなか斬新な手法で書けたのではなかろうかと個人的にはとても好きな作品。

●いつも悪いな

BKBの一人コント『霊感が強すぎるやつ』というのをそのままショートショートにしてみたパターン。オチは変えた。公式YouTubeで見れます！（笑）

●さあ、問題です

クイズ番組のカズレーザーとか見て設定思いついたやつ（笑）

●私の名前は笹原香織です

なんかラノベみたいな話書いてみたいなと思って書いてみたやつ。アニメとかで見たい。今まで観てきたいろんな深夜アニメとかに影響されまくってるやつ！『まどマギ』とか、『ひぐらしのなく頃に』とか！

●必ず2回読んでもらうための単純な文章の明快な考察

これも十年前の過去作。ほんとにオチがわからんて人がたまーにいるので言うけど答えは〝アメリカ〟と、〝トランプ〟ね。縦読みね。ちなみ当時『トリハダ』っていう短編ホラードラマを好きで見てて、そのタイトルが毎回こんな感じだったからマネした。

●人生ゲーム

話の流れとしてはショートショートとしてベタ？だけど、これぞショートショートっぽいかなと思いながら書いた。固い話から平和にもっていくと〝ぽく〟なるよね！

●遅刻の言い訳

生活もスーパー不規則で、仕事始まったら遅刻とかしてしまいそうだな〜って思いながら書いた。ちなみ、自粛中のリモート仕事も、一度、昼寝して遅刻してしまった（すみませんグノシーQ）

●言ってみたいセリフ

作中のセリフ達は、お笑いのネタでもよくあるセリフでもある。「犯人はこの中にいます」でネタしたい。だけど、バカリズムさんのコント『熊谷さん』という、犯人はこの中に〜史上最高峰のネタがあるから、いつも考えては、やめる、を繰り返してる。

●電話をしてるふり

これのおかげで、たくさんの人が読んでくれるキッカケにもなったし、書籍化することにもなったし、noteでキナリ賞も頂いたし。どこかで言ってるかもだけど実は書籍化は5月中旬には三つほどの出版社からお話を頂いてた。とてもありがたいです。本当に父親がお亡くなりになられた方からも「素敵なお話をありがとうございます」と言ってもらった。芸人しててそんなことを言われるとは思ってもなかった。

● My走馬灯

自粛中、50日、毎日ショートショート書いてる時、いよいよネタ思いつかなくなって、単独ライブでやったコントをほぼそのままショートショートにしたやつ！ 公式YouTubeにネタあります！（笑）

● 知らなくていいデータ

まああくまで想像のデータだけど。こんな感じな人もリアルにいるよね〜ってやつ。女友達から、「浮気したけど彼氏とは別れるつもりはないし絶対バレてないと思う」っていう話聞いて思いついた（笑）

● あなたは3億円欲しいですか？

自己啓発が昔から好きで、これはほんとにある自己啓発なのだけど、それをショートショートにしてみた。ちなみBKBが一番好きな自己啓発は「本当に辛い時、〝ありがとう〟を二万五千回言うと奇跡が起きる」という濃い啓発。

● ベテラン刑事の最後のヤマ

BKBの一人コントで、『アタック25で優勝したのに誰にも気づかれないやつ』っていうのがあるのだけど、それのオマージュショートショート。

● 爆弾処理はお得意ですか？

THEショートショート。これは何も言うことない。15分くらいで書いたTHEショートショート。シンプルで好き。

● 人間レビュー

Amazon見てて思いついた感じの話。もう少し怖くすれば世にも奇妙な物語っぽいなーと思いながら書いた。バッドエンドにすることも簡単にできたけど性格上、すぐハッピーエンドにしがち（笑）

● 偶然へ必然

名前って毎年、流行りとかあるねえ、ってふと思ったので書いた。めちゃめちゃ名前のデータ調べた。ちなみ、BKBの本名の史貴（ふみたか）はいまだ同じ人、聞いたことない。

● 渡瀬雄一郎の憂鬱

BKBが恋愛体質なのでどうしても男女の話が思いつきやすいのだけど、男女の話だけど、そうじゃなく裏切りたい、という理詰めで書いた話。

● 最高の贅沢

ハワイ行ったことないな〜、楽に行けたらな〜って思いながら書いた。途中めちゃめちゃエロくなる展開しか浮かばなかったから危なかった。

● タイミング

自粛、真っ只中に、やはりコロナのことも書いてみようと、腕まくって書いた。いつかこんな未来が来ることを、という、ただただマジメッセージショートショート。

● めんどくさい規則

ファンタジーなやつも書きたくて書いてみたやつ。星新一さん大好きだけど、書くならファンタジーより日常系が好きなので、これは意識してファンタジーに。

● Umbrella on a sunny day

後輩のTHIS IS パンの岡下となぜか朝4時くらいにインスタライブをノリでして、「朝8時に更新する話まだ書けてない」って言ったら、岡下が「晴れの日に傘もってるやつみたいな話書いていてくださいよ〜」って言ってくれたので、そこから必死で書き上げたやつ！

● 井戸端会議

お化けの話は世の中にたくさんあるので、いかにお化けの話と思われないよう、かつ、2回目読んだら、なるほどお化けの怖がらせ方に見えるな、という丁寧なショートショート！

● いいから早くケータイ見せて

“大きい女”っていう表現したらおもしろいなって書きながら思いついた系。ショートショートってほんと自由。ちなみにBKBは彼女のケータイ見たことは、ある。すいません。

● 物忘れをする本当の理由

超能力者に時間止められたら、物忘れしそうじゃない？って昔から思ってたので、それを書いてみた。

● あちらのお客様からでした

タイトルを先に思いついて、そこから広げていった。オチは考えずとりあえず書きだしたやつ。自粛中なので、さらば青春の光の森田と久々にビデオ通話を二人で2時間くらいした時、この話の相談もして親身に聞いてくれたけど、最後に、「これなんの時間なんすか」って言われた。

● つまりどういうこと？

もう毎日毎日書いてたので、ネタも尽きて、オチ考えず、とりあえず書きだして、なんとか着地したやつ！結果、気に入ってる作品ではある。

● 知ったかぶり

これは、なんか、死んでも悲しくても救いがあればなって思う時があって、書いた。真面目なやつ。

● 歌が聴こえる

書きながら、これはオチが読まれるかもな〜、うーん、まいっか、って感じで書いた。双子は昔は本当に、あとに生まれたほうがお兄ちゃん、の時代があったそうで、それを元にした。

● 噂話の隣に…

ドラマでよくあるけど実際ないシーン、っていうのはお笑いとかのコントでもよくやる手法のやつ。コントの設定でメモってたやつをムリヤリショートショートにした！

● ハッピーエンドの映画のようには

去年くらいに、久々にショートショートでも書いてみるかって書いてみたやつ。ちなみに、劇場の楽屋でたまたまいたインディアンス田渕に読んでもらったらクソほめてくれて自信ついた話。それからは、いいのできたら田渕にまず意見聞いてる。裏編集長。

● 思い出を食べるチャペルと思い出がないミナトの物語

書籍のキッカケとなった、ｎｏｔｅというアプリをＢＫＢに教えてくれた、オズワルド伊藤が、このタイトルだけ投げてきて「これ昔考えようとしたんですが、書けなかったのでバイクさんが仕上げてください」と変なお願いされて、仕上げた。一番時間かかった。伊藤氏はとても喜んでた。しかし伊藤はなぜこんな書こうと思ってたんや。

● キャッチボールガールズバー

ショートショートは何かと何かを足せば作れるって、ショートショート作家で有名な田丸雅智さんが『情熱大陸』で言ってたので(笑) キャッチボールとガールズバーを足してみました！

● Secret exchange

基本、不思議で優しいお話が好きなので、そんな話。いいタイトルが思いつかない時は英語にすればいい。

● 取り返しのつかないミス

不倫、というテーマでそういえば書けそうだな、とふと思って書いた！ THE叙述トリック！

● ちょっと聞いてさっき生き返ったんだけどさ

もちろん本編の「ちょっと聞いてさっき死んだんだけどさ」の続きのお話。ちょっと聞いて〜の他には、6作品のショートショートを使ってます。どの作品を使っているかは「あとがき」のイラストを見てもらえれば！こういう最後に回収系、やってみたかったので嬉しいです！

BKBショートショート小説集

電話をしてるふり

2020年8月13日　初版発行
2020年9月10日　3刷発行

著者：バイク川崎バイク

発行人：藤原 寛
編集人：新井 治

編集：金本麻友子
装丁：斉藤いづみ［rhyme inc.］
装画・挿絵：野村彩子
営業：島津友彦［ワニブックス］
構成：井澤元清

発行：ヨシモトブックス
〒160-0022
東京都新宿区新宿5-18-21
Tel：03-3209-8291

発売：株式会社ワニブックス
〒150-8482
東京都渋谷区恵比寿4-4-9 えびす大黒ビル
Tel：03-5449-2711

印刷・製本：株式会社光邦

ISBN 978-4-8470-9946-5
C0095

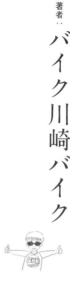